TWENTYSIX – Der Self-Publishing-Verlag

Eine Kooperation zwischen der Verlagsgruppe Random House und BoD – Books on Demand

© 2018 Weber, Helmut

Herstellung und Verlag:

BoD – Books on Demand, Norderstedt

ISBN: 9783740748562

Helmut Weber

Lasst die Kleinen leben!
Eine unerhörte Prüfung

1. Die Drohung mit dem Bankenbrief

Ludger Maringer kam vom Fußballtraining nach Hause zurück. Die Sporttasche noch in der Hand, steuerte er die elterliche Küche an. Er hatte die Hoffnung, vor dem Abendessen einen Müsliriegel oder etwas anderes ‚Verwertbares' zu erhaschen. Seine Aufmerksamkeit zog unwillkürlich ein auseinandergefaltetes Schreiben auf sich. Es lag auf dem Küchentisch und war von Mutter oder Vater offensichtlich vergessen worden.

Ludgers Blick fiel auf den Kopf des Blattes, wo der Schriftzug „Sparkasse Ostwaldland" Auskunft über den markanten Absender gab. Dem Jungen war das Geldinstitut durch sein Sparbuch und kleine nützliche Geschenke zum alljährlichen Weltspartag ein Begriff. Er begann wie von selbst das an seine Eltern gerichtete Schreiben zu lesen. Sein Erschrecken vergrößerte sich mit jeder Textzeile:

„Die Umsätze Ihres Uhren/Schmuck-Einzelhandels Geschäfts sind in den letzten beiden Jahren kontinuierlich zurückgegangen. Daher erscheint die Bedienung des Ihnen für die Ladenmodernisierung zur Verfügung gestellten Kredits problematisch. Wir halten es also für geboten, mit Ihnen über Ihre geschäftliche Situation und Ihre Einschätzung der künftigen Geschäftsentwicklung zu sprechen. Vereinbaren Sie bitte zeitnah einen Termin mit dem Leiter unserer Kreditabteilung. Bei dieser Gelegenheit sollten sowohl Gründe für die Umsatzverluste angegeben werden als auch Möglichkeiten zur Geschäftsankurbelung Ihrerseits geäußert werden."

Ludger wurde es schwarz vor Augen. Ihm war sofort klar: Es ging um das 400.000-Mark –Darlehen. Seine Eltern hatten es aufgenommen, um ihren in die Jahre gekommenen Facheinzelhandelsbetrieb aufzumöbeln. „Wir müssen mit der Zeit gehen, sonst g e h e n wir mit der Zeit", hatte der Vater einen von kleinen Firmeninhabern gern genutzten Spruch ins Feld geführt. Architekt Leo Graf, ein Schulfreund des Vaters und erfahren in Geschäftsumbauten, hatte mit einem modernen Konzept überzeugt:

Die Ladentür wanderte einige Meter nach hinten, so dass rechts und links eine Passage entstand. Diese verdoppelte die Schaufensterfläche, „unser wirkungsvollstes und preiswertestes Werbemittel", wie der Vater zu sagen pflegte. Und noch eine Neuerung hielt Einzug: Die hintere Ladenwand wurde teilweise geöffnet und gab den Blick frei in die Uhrmacher- und Goldschmiedewerkstatt. „Wir sind handwerklicher Meisterbetrieb, und das soll jeder sehen", war die Devise des Vaters.

Der Brief der Sparkasse hatte Ludger Maringer schlagartig die Augen geöffnet: Die Hoffnungen, mit einem runderneuerten Geschäft die eingetretenen Umsatzrückgänge zu stoppen und neu Gas zu geben, hatten sich offensichtlich nicht erfüllt. Der Junge durchlitt einen unruhigen Abend. Warum hatte die

Aussicht getrogen, in frischem aktuellem Look Stammkunden zu halten und neue Käufer anzuziehen? War die Lage so ernst, dass das Geschäftshaus zwangsversteigert werden und die Familie irgendwo zur Miete unterkommen müsste? Ganz zu schweigen von der beruflichen Existenzsicherung der Eltern. Die Tagesschau an jenem Sommertag im Jahre 1987 rollte an Ludgers teilnahmslosen Augen vorüber. „Eine Pflichtsendung für jeden jungen Staatsbürger. Ich stelle Fragen darüber", wie sich Sozialkundelehrerin Dackel-Käferstein mit drohendem Unterton äußerte.

Mit halbem Ohr und leerem Blick sah der junge Maringer die aktuellen Ereignisse an sich vorüberziehen. Was bedeutete es für ihn, dass Papst Johannes Paul II. für fünf Tage die Bundesrepublik Deutschland besuchte, dass in Berlin 300 Polizisten bei Demonstrationen und Krawallen verletzt wurden und dass der baden-württembergische Sozialminister Berichte bestätigte, wonach verunreinigte Flüssigeier aus den Niederlanden unter anderem zur Herstellung von Nudeln verwendet wurden? Diese Neuigkeiten lagen für den Schüler weit weg. Denn die Existenzgrundlage seiner Familie, das schöne Juweliergeschäft, das stattliche Geschäftshaus mit der kleinen ‚grünen Lunge' dahinter, die Wertschätzung, die sich seine Familie in Ostwaldstadt und Umgebung erworben hatte, schienen in Trümmer zu gehen.

„Schaut euch an, was in der Welt passiert", hatte die Sozialkundelehrerin gefordert, „wer ein guter Staatsbürger sein will, muss die Geschehnisse beobachten, zu verstehen versuchen und sich eine Meinung bilden, um später einmal überlegte Wahlentscheidungen zu treffen." Doch der Junge erlebte eine hautnah zupackende Gewalt. Ihr eiserner Griff drohte die Familie zu erdrosseln. Ludger wagte nicht, seine Zukunftsängste den Eltern anzuvertrauen. Zeigte nicht ihr Schweigen über finanzielle Dinge gegenüber Ludger und seiner vier Jahre jüngeren Schwester, dass man die Kinder nicht in Aufregung versetzen wollte? Sie sollten möglichst unbeschwert und unbelastet ihre Jugend verleben, die ohnehin durch ein stressiges Schülerdasein und viel Sport wenig Zeit für Müßiggang bereithielt.

In der Nacht hatte der Junge einen schrecklichen Traum. Zeichen dafür, dass er die Nachricht von der prekären finanziellen Situation der Familie nicht verarbeiten konnte. Ein Gerichtsvollzieher erschien mit einer mächtigen Dogge. Die Haustür blieb trotz seines energischen Klingelns verschlossen. Rabiate Faustschläge gegen das Holz vor ihm folgten. Daraufhin drohte er: „Morgen komme ich mit der Polizei!" Auch in der folgenden Nacht trieb die Sorge um die elterliche Existenz den Jungen in beängstigende Träume: „Totalräumung wegen Geschäftsaufgabe", verkündeten knallige breite Spruchbänder an der Fassade. Einige Klassenkameraden fragten hämisch: „Wie fühlt man sich so, wenn man bankrott ist?"

Ludger schämte sich vor allem darüber, dass er die Zeichen des Niedergangs nicht registriert hatte, also auch teilnahmslos geblieben war: Zwischen dem Großvater und den Eltern gab es öfter lautstarke Auseinandersetzungen. Diese fanden augenblicklich ihr Ende, wenn eines der Kinder den Raum betrat. Dem Jungen hätte es zu denken geben müssen, dass der tüchtige Uhrmacher Uli Schmidt verabschiedet worden war. Er hatte durch Vermittlung der Handwerkskammer in einem feinmechanischen Medizintechnik-Unternehmen eine neue Arbeitsstätte gefunden. Dafür kam der 75jährige Großvater immer öfter in die Werkstatt. Dort verlieh er Klein- und Großuhren dank jahrzehntelanger Erfahrung wieder Leben und Zuverlässigkeit. Besonders peinlich empfand es Ludger, dass er einige Wochen zuvor mürrisch und enttäuscht gemeinsam mit Schwester Eva eine Verkündigung des Vaters aufgenommen hatte. Der in den Sommerferien geplante Familienurlaub in Andalusien würde ausfallen.

Ludger (16) war Schüler der Klasse 10 b des Freiherr-vom-Stein-Gymnasiums in Ostwaldstadt, Sitz der Kreisverwaltung des Ostwaldkreises und – dem Namen gemäß – östlich des Mittelrheins gelegen. Der Junge war wieselflinker und dribbelstarker Stürmer in einer Jugend-Fußballmannschaft des TuS Ostwaldstadt. „Du machst oft einen Schlenker zu viel, statt gradlinig Richtung Tor zu gehen und eiskalt zu verwandeln", kritisierte ihn Trainer Seppl Eichhorn. Er galt in seiner Heimatstadt als Pokalheld, weil er einst als aktiver Spieler im Elfmeterschießen den entscheidenden Strafstoß ins rechte obere Toreck gejagt und die fünf Klassen höhere Borussia aus Dortmund aus dem DFB-Pokal geworfen hatte.

Eichhorn bewahrte in einem Zettelkasten Sprüche auf, wie sie Radio- und Fernsehkommentatoren oder auch Stars des runden Leders in Interviews von sich gaben: „Ihr müsst kompakt stehen." – „Das Verschieben klappte heute nicht." – „Die Abwehr feierte eine Querpass-Orgie, und unser Stoßstürmer hing voll in der Luft." – „Als Trainer bin ich ein akribischer Arbeiter." Mit solch klugen und messerscharfen Diagnosen gab Eichhorn seinen Analysen den Touch eines Magiers, der ein Spiel zu ‚lesen' verstand.

„Spott und Häme sind eigentlich nicht angebracht", nahm Vater Maringer den Trainer in Schutz, wenn Ludger davon berichtete, wie sich einige Mannschaftskameraden über ihren Übungsleiter lustig gemacht hatten. „Grundsätzlich verdienen Ausbilder wie Eichhorn weit mehr Anerkennung, weil sie einen Teil ihrer Freizeit opfern. Vor allem müssten Profivereine dankbar sein, dass sie sich für einen Betrag aus der Portokasse junge hochtalentierte, ausgebildete Spieler aus kleinen Vereinen an Land ziehen." Noch einmal Seppl Eichhorn: „Ludger wird seinen Weg gehen." Dies dürfte er wohl nicht nur auf den Sport bezogen haben.

Ein Auge geworfen auf den gertenschlanken, drahtigen Fußballspieler hatte Yvonne Schmidtbauer (14). Man sah sich öfter auf dem Schulhof, und kürzlich kam es sogar zu einem Gespräch, als Ludger das Mädchen ansprach, von dem er wusste, dass es Tennis spielt: „Hast du Steffi Grafs Sieg über Martina Navratilova im Fernsehen verfolgt?" – „Natürlich habe ich", freute sich Yvonne über Ludgers Interesse an ihrer Lieblingssportart, „das war der erste deutsche Sieg in einem Grand-Slam-Turnier."

Yvonnes Freundinnen, die offenbar mit ihr unzertrennlich waren, kicherten und tuschelten geheimnisvoll. Sie hatten den kurzen Wortwechsel aufmerksam beobachtet und gaben ungefragt gleich ihre Kommentare ab: „Der ist ganz klar in dich verknallt." – „Gib acht, dass du nicht Fußballerbraut wirst", ein ganz schlimmer Abstieg, weil sich geistig meist nicht hochstehende Fußball-Stars mit eher dümmlich wirkenden aufgetakelten Blondinen umgaben.

„Was hat er nur?" wunderte sich das Mädchen einige Tage später. Es wollte ihn bei einer zufälligen Begegnung im Postamt forsch ansprechen und Ludger erfreuen durch ihr Wissen um den zehnten Deutschen Meistertitel des FC Bayern München. Doch der Junge machte eine abweisende Handbewegung, schien kein Interesse an Konversation zu haben und ging seiner Wege. Ludger war nicht mehr er selbst. Natürlich bemerkten dies seine Lehrer, eher als die Eltern, deren Gedanken zunächst einmal mehr um ihre geschäftliche Lage kreisten als um den Seelenzustand ihres Ältesten.

2. Die Juwelier-Familie Maringer

Wir sollten uns Zeit nehmen, die Familie Maringer näher kennenzulernen: Ludgers Vater Hanno (44) ist Goldschmiedemeister. „Uhrmacher wollte ich nicht werden. Die Topmarken verkleinern Jahr für Jahr ihren Händlerkreis. Einige Großkonzerne haben Uhrenhersteller aufgekauft, ebenso Manufakturen aus anderen Branchen und bieten unter ihrem Weltmarkennamen hochwertige Produkte an, von Parfüms über Alkoholika bis zu Bekleidung, Schuhen und Koffern. Einige Lieferanten betreiben ausschließlich hauseigene Filialen, streichen also sowohl die Hersteller- als auch die Händlerspanne ein, verdienen unvergleichlich gut und können sich die lukrativsten Standorte in besten Lagen großer Städte leisten." Aber Hanno Maringer sah keinen Anlass für Verzweiflung:

„Als Goldschmied vermag ich aber selbst kreativ zu sein und kann auch spezielle Schmuckwünsche meiner Kunden erfüllen. Wer Konzessionär, also Partner von Uhren-Weltmarken werden will, muss wenigstens in einer mittelgroßen Stadt residieren (unsere Kleinstadt käme ohnehin nicht in Frage), ein hochmodernes Ladenlokal mit Meisterwerkstatt und ausgebildetem Fachpersonal vorweisen (was bei uns der Fall ist). Außerdem verlangen die Hersteller von ihren Juwelieren, dass die Ware wirkungsvoll präsentiert wird (was wir auch leisten). Nicht aber können wir eine beachtliche jährliche Mindestabnahmemenge einkaufen, darunter auch weniger verkaufsstarke Modelle, die später als ‚Schätzchen' Neueinkäufen im Weg sind."

Wurde Hanno Maringer nach der geschäftlichen Situation gefragt, verdüsterte sich die Miene des Mittelständlers: „Billig-Quarzuhren sind zu Massenartikeln geworden. Wenn sie einmal laufen, tun sie meist viele Jahre ihren Dienst. Reparaturen lohnen sich nicht. Ein neues Quarzwerk kostet nicht viel. Mechanische Uhren dagegen können technische Wunderwerke sein und haben ihren Preis. Es wird sie auch noch in 100 Jahren geben. Aber wir verkaufen halt weniger davon als vor der Quarz-Schwemme. Ähnlich ist es beim Schmuck, wo billigeres Silber vor allem bei jungen Leuten Gold und Platin abgelöst hat."

Ilse Maringer (41) hat Mutter- und Hausfrauenpflichten, war aber zusätzlich täglich einige Stunden als freundliche und versierte Uhren/Schmuck-Fachverkäuferin tätig: „Im Handel gibt es immer wieder den Wechsel zwischen Hochs und Tiefs. Wirtschaftskrisen treffen uns bis ins Mark, denn Zeitmesser und schmückende Accessoires hat jeder und kommt auch bei finanziellen Durststrecken über die Runden. Unsicherheit und Existenzsorgen der Verbraucher treffen unsere Branche mit ihren langlebigen Gütern besonders hart. Was uns freut, ist der in diesem Jahr sehr hohe Goldkurs. Statt des weit billigeren Silberschmucks tragen wieder mehr Verbraucherinnen ihre goldenen Wertstücke. Warum sich also nicht mit Kostbarkeiten schmücken, die wegen ihrer Exklusivität Besitzerstolz und Glücksgefühle vermitteln?"

Evchen (12), Ludgers jüngere Schwester, hatte eine langwierige Drüsenerkrankung zurückgeworfen und gezwungen, vom

Gymnasium zur Realschule überzuwechseln. Dort fing sie sich wieder und brachte ordentliche Noten heim. In der Rhythmischen Sportgymnastik fand sie einen spannenden Freizeitausgleich. Erstmals schaltete sich Evchen vor Weihnachten und Ostern, wenn viel Betrieb im Laden herrschte und Kunden nicht sofort bedient werden konnten, ins Verkaufsgeschehen ein und spielte Empfangsdame. Erwachsenen Besuchern bot sie einen Platz in der kleinen Sitzecke an, wo hauseigene Werbeflyer und Lieferantenprospekte auf Lektüre warteten. Auf Wunsch gab es Kaffee, Wasser oder Saft.

Kleine Kinder fassten sofort Zutrauen zum freundlichen jungen Empfangsfräulein, wenn es eine kleine Kiste mit Lego- und Playmobil-Spielsachen holte und damit Jung und Alt erfreute. Die einen genossen unerwartet kreative Kurzweil, die anderen kosteten das ungestörte Aussuchen und Anprobieren aus. Wie freute sich das Kind, wenn Kunden bei Evchens Eltern auf diesen Service mit Lob reagierten und zuweilen sogar ein kleines Trinkgeld spendierten.

Ernst Maringer (75) war Ludgers Großvater väterlicherseits, seit einigen Jahren Witwer und Uhrmachermeister im Ruhestand. Das Geschäftliche hat er längst an Sohn und Schwiegertochter übergeben. Als Ass erwies er sich immer noch beim Wiederflottmachen von Armbanduhren über Wecker und Kaminuhren bis zu respektablen Wand- und Standuhren. „Ab und zu bekomme ich einen alten Mechanik-Chronographen rein. Das oft komplizierte Werk zerlege ich und arbeite es wieder auf. Bei den meisten aktuellen Weltmarken gilt aber ein ‚kleiner' Uhrmachermeister auf dem Land wenig. Viele liefern an mich und meinesgleichen keine Ersatzteile. Nur die dünn gesäten Vertragshändler, etwas hochtrabend ‚Konzessionäre' genannt, bekommen Austauschware."

Maringer sah in dem Wort eine Art Verschleierung: „Konzession heißt eigentlich ‚Entgegenkommen'. Damit ist klar gesagt: Der Hersteller sitzt auf hohem Ross, die Kleinen, also die Fachhändler und Fachhandwerker, müssen froh und dankbar sein, wenn sie zum erlauchten Abnehmerkreis gehören. Lasst die Kleinen leben, dieser Slogan gehört nicht zu ihrem Vokabular." Eine Menge Bitterkeit schwang in Ernst Maringers Stimme mit, wenn er darüber sprach. Am liebsten sei es den Konzernen, so war die Erfahrung des altgedienten Meisters, wenn Uhren zum Service gleich ins Herstellerwerk gehen, was für den Kunden oft mit hohen Kosten verbunden sein kann. Andererseits, dies musste Maringer zugeben, wollen Hochpreislieferanten sicherstellen, dass nicht auch der eine oder andere Dilettant ein Topuhrenwerk vermurkst.

3. Sternstunden mit dem Lehrer Caspers/Englisch als das Sorgenkind

Bei Ludger Maringer war zu befürchten, dass sein ‚Geheimnis', nämlich die Kenntnisnahme des Sparkassenschreibens an seine Eltern, vollends seine düstere Gedankenwelt bestimmt und er in eine Art Depression abgleitet. Er war kein guter Schüler, aber immer versetzt worden und jetzt in der Klasse 10 b des Ostwaldstädter Freiherr-vom-Stein-Gymnasiums. Deutsch war sein Lieblingsfach, wo Oberstudienrat Rudolf Caspers die Fäden zog.

„Später im Beruf wird man euch nach dem ersten Geschäftsbrief, den ihr verfasst, nach dem ersten Protokoll, das ihr anfertigt, und nach dem ersten Rechenschaftsbericht, den ihr abgebt, danach beurteilen, ob ihr für Führungsaufgaben in Frage kommt oder bloß 08/15-Sachen bearbeiten dürft. Also müsst ihr schreiben und vortragen können. Sprecht auch, wenn ihr allein seid, laut und deutlich Gedichte, Prosatexte und anspruchsvolle Zeitungsartikel", war das Credo des Pädagogen.

„Ihr müsst eure Stimme hören, um am deutlichen Ausdruck zu feilen. Was in Fernsehfilmen und im Kino an Sprachqualität auf euch niederprasselt, ist oft eine unzumutbare Sprachverhunzung. Die digitale Revolution wird uns in einigen Jahrzehnten überrollen. Aber glaubt nur ja nicht, dass die in der Entwicklung befindlichen elektronischen Datenverarbeitungsanlagen mit ihrer

Sprachvereinfachung unser gutes Hochdeutsch ersetzt werden. Sprachkenner und Sprachkönner werden nötiger sein denn je."

Die Klasse hörte aufmerksam zu. Caspers (46) war ein Mann wie aus einem Modemagazin: Kurz geschnittenes volles Haar, im Gegensatz zu den meisten männlichen Lehrerkollegen, die im Freizeitlook auftraten, stets korrekt gekleidet mit Anzug und Krawatte. „Ein wahrer Schwiegermutter-Typ", charakterisierte ihn Klassenkommentator Erich Holzenthal. Der Pädagoge verfügte über eine angeborene Autorität, wirkte stets glaubhaft und verstand es, persönliche Erlebnisse zur Spannungssteigerung im Unterricht einzusetzen.

„Wenn ihr weiterhin gut mitarbeitet, erzähle ich euch am Schuljahresende, wie ich nach dem Krieg während meines Studiums in Bonn mit einigen Kommilitonen in einem ausgedienten Luftschutzbunker gewohnt habe", verkündete er nach Pfingsten, und seine ernste Miene verriet, dass ein außergewöhnlicher Erfahrungsbericht bevorstand.

Ludger mochte den Pädagogen schon seit der Orientierungsstufe. In Klasse 5 und 6 war er bereits sein Klassenlehrer. Einmal brachte er am letzten Schultag vor den Sommerferien zwei Dutzend Blechspielsachen mit und zog deren Federmotoren auf. Zum grenzenlosen Erstaunen und Vergnügen der 10- und 11-Jährigen kreiste auf dem Lehrertisch ein buntes Karussell, schwang ein Elefant auf einem Dreirad seine Beinchen, während sich auf seinem Kopf kleine Blechschilder zu einer Art drehendem Heiligenschein vereinigten. Gleichzeitig präsentierte ein Clown Pirouetten, spielten sich zwei Tischtennisspieler rasend schnell ein Bällchen zu und verfolgte ein Walfisch mit drohend aufgerissenem Maul ein an einer Schnur vor ihm fliehendes Fischlein. Dieses kam mittels der kürzer werdenden Schnur dem gefräßigen Verfolger immer näher, dessen geöffnetes riesiges Maul den kleinen Fisch aufschnappte und blitzschnell im Innern versenkte. Eine für die meisten Kinder sensationelle Vorstellung, weil sie solches noch nie erlebt hatten.

Highlights wie diese blieben haften und umgaben den ansonsten leistungsorientierten Lehrer mit einer freundlich-gewinnenden Aura. Und wie gut Caspers vorlesen konnte! Gebannt hingen die Schüler an seinen Lippen, wenn er eine Kurzgeschichte von Böll oder Lenz vortrug und dabei alle Facetten von informativer Sachlichkeit bis zu hintergründiger Ironie oder beißender Satire vortrug. So machte er beim Lesen von Thomas Manns Erzählung „Tristan", als die Figur „Magistratsrätin Spatz" eingeführt wurde, eine winzige Staupause zwischen den beiden Wörtern, um zu dokumentieren, wie der Autor den Ehrfurcht heischenden Titel mit einem simplen Familiennamen parallelisierte. Ein schönes Beispiel für Namensironie.

„Vielfalt und Schönheit unserer Muttersprache hat niemand besser ausgedrückt als der Barockdichter Friedrich Logau vor 400 Jahren: ‚Kann die deutsche Sprache schnauben, schnarchen, poltern, donnern, krachen, kann sie auch liebkosen, schmeicheln, tändeln, spielen, lieben, lachen', zeigte der Deutschlehrer gleichzeitig ein Beispiel für die lange Entwicklungsgeschichte der Muttersprache auf. „Aber lesen und vorlesen ist ein himmelweiter Unterschied: Beim Vorlesen dürft ihr nicht am Text kleben, sondern müsst immer wieder aufschauen und die Zuhörer mitnehmen. Dann merkt ihr etwas Wunderbares, nämlich: Die Zuhörer lassen sich auf den Vorleser/die Vorleserin ein und folgen ihm/ihr willig."

Eine der sagenhaften ‚Belohnungsstunden', an die sich Ludger gern erinnerte, galt Carl Zuckmayer. Paul Hütte und er hatten sich in der Schulbibliothek Informationen über Leben und Werk des Dichters besorgen sollen und mit je einem Fünf-Minuten-Referat die Unterrichtsstunde eingeleitet. Die Klasse erkannte: Zuckmayers Leben war ein Spiegelbild für viele Verfolgte der Nazi-Herrschaft. Er emigrierte 1933 nach Österreich, später in die Schweiz und in die USA, wo er sich als Viehzüchter durchschlug. Er kehrte 1946 als US-Staatsbürger zurück und lebte als schweizerischer Staatsbürger von 1958 bis zum Tod 1977 in Saas-Fee im Kanton Wallis.

Auf dem Lehrertisch standen Zuckmayers Gesammelte Werke in vier Dünndruckbänden und seine Autobiographie „Als wär's ein Stück von mir". Caspers berichtete, dass er in seiner letzten Examensarbeit ‚Satirische Züge' im Werk des in Rheinhessen geborenen Dichters aufdecken und analysieren sollte. Ein Brief mit einigen Fragen war an Zuckmayers damaligen Wohnort Saas Fee hoch oben in die Schweizer Alpen geschickt worden. Der Deutschlehrer zog zur Überraschung der Klasse das Original-

Antwortschreiben des Autors von Weltrang vom 10.2.1966 hervor und las vor:

„Sehr geehrter Herr Caspers, da in großer Arbeit, antworte ich kurz. Ich halte mich nicht für einen Satiriker. Die Schärfe und Bitterkeit der Satire liegen mir nicht. Im ‚Hauptmann von Köpenick' und auch in anderen Werken gibt es natürlich satirische Züge, die mehr oder weniger gesellschaftskritisch sind. Das Soldatentum ist im ‚Hauptmann von Köpenick' nicht Gegenstand der Satire, sondern vor allem der Untertanengeist und die Bürokratie. Daher ist das Stück vermutlich heute noch aktuell. Ich mache einen Unterschied zwischen Humor und Satire. Ich glaube meinerseits, eher dem ersteren zuzuneigen."

Der Pädagoge erläuterte, dass Zuckmayer hier einen Ausdruck aus dem Beginn des Nibelungenliedes verwendet, wo von „grozer arebeit" im Sinn von Arbeit als Mühsal die Rede ist. Vor allem körperliche Beschäftigung musste von den Menschen in früheren Zeiten meist als ‚Maloche' angesehen werden. Auch geistiges Tun war für den Dichter sicherlich anstrengend gewesen. Er hatte damals gerade seine Autobiographie vollendet. „Dieser Brief hat im ersten Moment auf mich reichlich ernüchternd gewirkt, obwohl ich noch heute stolz darauf bin, dass ein solch berühmter und viel beschäftigter Mann Zeit gefunden hatte, einem namenlosen Studenten Rede und Antwort zu stehen", war Caspers hin- und hergerissen bei der Bewertung der Post aus der Schweiz.

Ein Mitschüler glaubte zu wissen, warum der Deutschlehrer gegenüber dem Brief des Dramatikers nicht nur euphorisch, sondern auch abgekühlt reagierte. „Dann war doch das Examensthema falsch gestellt, wenn der Dichter etwas anderes sein will, als ihn die Fachwelt beurteilt", warf Arno Scholz ein, der unangefochtene Primus im Fach Deutsch. „Ganz im Gegenteil", konterte Caspers, „für mich war jetzt klar: Ich konnte beweisen, dass Zuckmayer Unrecht hat und z.B. in ‚Der Hauptmann von Köpenick' und in ‚Des Teufels General' Paradebeispiele für literarische Satire stecken."

Dies machte der Deutschlehrer an Hand einiger Textausschnitte deutlich. „Was hatten Sie denn für eine Note bekommen?" fragten einige Neugierige. Doch so etwas Persönliches wollte Caspers denn doch nicht verraten. Jedenfalls hatte er die 10 b wieder einmal verblüfft und seinen Zeiger auf der Ansehens- und Beliebtheitsskala ein weiteres Stück nach oben geschoben.

Während Ludger im Fach Deutsch sicherlich die Note „gut" erwarten konnte, sah es im Englischen düster aus. Hier regierte Oberstudienrat Dr. Andreas Mölders, Mittfünfziger, Wanderfreund und Vorsitzender des Ostwaldvereins, auch im Schuldienst bekleidungsmäßig als Wandervogel erkennbar. Der Anglist verfügte über hohe Fachkompetenz, aber auch über ebensolche kühle Unnahbarkeit. Ludger schien es, als ob der Erzieher die Klasse in zwei Kategorien einteilte, diejenigen, die mindestens ‚ausreichend' waren, und jene, die unter dem Strich lagen und bei denen Hopfen und Malz verloren war und es sich daher auch nicht lohnte, den Schülern Leistungswillen und Motivation zu vermitteln.

Zu letzteren zählte Ludger, und ein Vergleich drängte sich ihm auf. Deutschlehrer Caspers hatte einmal wunderschön den Begriff Trivialliteratur erklärt: Der Pädagoge analysierte mit der „Inquit"-Formel, abgeleitet von der lateinischen Verbform „inquit", übersetzt „er sagte". Die Formel beschäftigt sich mit der Art und Weise, wie der Erzähler dem Leser sagt, dass jemand etwas sagt. Das „er sagte" kann in schwächerer Ausdruckskraft lauten: „Er flüsterte, raunte, hauchte", aber auch in stärkerer Dimension: „Er rief, schrie, brüllte". Als Beispiel führte Caspers Karl May an, in dessen Roman ‚Winnetou' eine Gruppe von Menschen folgende Wendungen der Inquit-Formel benutzt: „Er fuhr auf, trumpfte auf, donnerte, höhnte."

Bezeichnenderweise handelt es sich bei den Sprechern jeweils um Banditen oder hinterhältige Indianer. Dagegen heißt es bei Old Shatterhand, Winnetou und anderen im Sinne von Karl May vorbildlichen Akteuren: „Er fragte, meinte, entgegnete, antwortete, nickte." Auf diese Weise, so folgerte der Deutschlehrer, erreicht der Autor mühelos eine intensive Schwarz-Weiß-Charakterisierung. Es gibt nur gute und böse Menschen, die nebst ihren entsprechenden Begleitern permanent edel oder niederträchtig bleiben. Gute Menschen gehen mit einem friedlichen Gesichtsausdruck sanft in die ewigen Jagdgründe hinüber, die Halunken dagegen enden mit markerschütterndem Schreien zerschmettert am Fuß einer Felswand oder ersaufen elendiglich.

Dies alles ging Ludger beim Bild von Dr. Mölders, das er sich malte, durch den Kopf. Er war sich bewusst: Die Überlegung, Schüler so einfach katalogisiert zu sehen wie Figuren in einfachster, klischeehafter Unterhaltungsliteratur, war abenteuerlich und würde dem pädagogischen Ethos von Mölders nicht gerecht. In erster Linie lag die Schuld an der Misere doch an ihm selbst, musste sich Ludger eingestehen. Er hatte den Anschluss verpasst und war zum Klassenschlechtesten abgesunken. Dies hatte sein Vater von Englischlehrer Mölders beim Elternsprechtag im Februar erfahren. Die englischen Laute wirkten ungehobelt und rustikal auf den Jungen, während ihm das Französische edel und elegant erschien.

Jetzt, zum Schuljahresende, war eine mächtige Hürde zu nehmen, nämlich der Sprung in die Oberstufe. Ludgers sehnlichster Wunsch war es, Abitur zu machen und zu studieren. Denn wer weiß, ob das elterliche Juweliergeschäft überhaupt noch einen Nachfolger brauchte und nicht genauso wie 100.000 andere kleine Fachhandwerks- und Einzelhandelsbetriebe, da unrentabel, für immer die Pforten schließen muss?

Der Junge vergegenwärtigte sich die Situation: Eine Fünf in einem Hauptfach, z.B. Englisch, durfte er haben, um versetzt zu werden. Voraussetzung war: Keine weitere Note ist schlechter als ausreichend. Eine Note 6 führte aber automatisch zur

Nichtversetzung. Laut Klassenarbeiten, Tests und Epochalnoten für die mündliche Leistung war das Ungenügend zu rechtfertigen.

Der Englischlehrer hatte Mutter Maringer vor vier Wochen berichtet, dass noch nicht alle Leistungsnachweise vorlägen, also noch keine Jahresnote feststehe. Aber dazwischengekommen waren der Bankenbrief und die Ängste des Jungen um die Existenz der Familie. So fand er keine Kraft, gegen die drohende Gefahr anzukämpfen. Die letzte Klassenarbeit – dies war keine Überraschung – erbrachte erneut ein Ungenügend. Natürlich bemerkte Ludgers Umgebung, wie der Junge sich abkapselte, sich in sein Zimmer verkroch und apathisch sein Tagewerk verrichtete.

Einmal kam er in die Straße, wo die in vergangenen besseren Tagen von Ludger gedanklich angehimmelte Yvonne in einer prächtigen Villa, umschlossen von einer hohen weißen Steinmauer, wohnte. Von weitem sah er, wie sich eine Tür öffnete und das Mädchen mit zwei älteren Jungen, alle im Tennisdress, heraustrat. Die drei nahmen vom fernen Beobachter keine Notiz, stiegen in ein rotes Sportcoupé, das vor dem Haus parkte und Ludger erst jetzt auffiel. Das Trio brauste davon. Den insgeheim gehegten Gedanken, dieses Mädchen als Freundin zu gewinnen, begrub Ludger auf der Stelle: „Das sind Hirngespinste. Uns trennen Welten. Yvonne hat längst Freunde gefunden, die ihr mehr bieten können als ich."

Klassenlehrer Caspers nahm den Zehntklässler eines Tages beiseite: „Ludger, du gefällst mir nicht. Dich bedrückt irgendetwas ganz schwer. Sag mir doch im Vertrauen unter Männern, was es ist." Doch der Schüler reagierte unwirsch und verstockt: „Nichts Besonderes. Geht vorüber." Und er ging seiner Wege. Auch die Eltern und der Großvater, denen Ludgers seltsames Verhalten längst aufgefallen war, schienen ratlos. Der alte Maringer bat seinen Freund, den Pfarrer im Ruhestand, Johannes Kittelmann, um Rat. Der Geistliche war skeptisch: „Mauert sich ein Mensch ein, kann nur der liebe Gott die Wand einreißen." Er versprach aber, gemeinsam mit dem Uhrmacher in einem Gespräch zu erforschen, warum der Junge ein Schneckenhaus um sich herum aufgebaut hatte.

4. Der Stammtisch und die Kirchenkrise

Montagabend. Wie alle vier Wochen tagte im Ratskeller, einem altehrwürdigen Gewölbelokal unter dem historischen Ostwaldstädter Rathaus, der Stammtisch „Ostwaldstadt-Senat". Den hochtrabenden und leicht hochnäsigen Titel für die Runde hatte einst der vor zehn Jahren verstorbene Ex-Bürgermeister Schmitt-Fleckenstein angeregt und durchgesetzt. Namensursprung war im Rom der Antike der Rat der Alten. Die Mitglieder, die sich intern scherzhaft als ‚Senatoren' fühlten und titulierten, hatten es sich zur Aufgabe gemacht, aufsehenerregende lokale und überregionale Ereignisse zu kommentieren, kurz, ihrem Herzen Luft zu machen.

„Diese hehre Aufgabe ist eigentlich Sinn eines jeden Stammtischs, allerdings legen wir Wert auf Seriosität", so dozierte ‚Senatspräsident' Hans-Jochen Gellner. Dieser, Geschäftsführer im Ruhestand und Ehrenpräsident des örtlichen Sportvereins, präzisierte, „dass Stammtischgerede im abwertenden Sinn als unsachgemäßes, naives Politisieren für uns tabu ist". Gefürchtet waren messerscharfe Leserbriefe von Mitgliedern dieses Gremiums in der Heimatzeitung. Insidern war sofort klar, dass die jeweiligen Verfasser ihre Argumentation in hitziger Stammtischdiskussion oder per Telefon-Rundschaltung bereits erfolgreich getestet hatten. Diesmal war man vollzählig im Ratskeller erschienen. Ein separater Raum war reserviert, damit auch heikle Dinge zur Sprache kommen konnten.

„Habt ihr schon gehört, dass sich unser Bischof mit dem Gedanken trägt, ein Viertel aller Pfarreien zu schließen und dafür Großpfarreien einzurichten?" brachte Apotheker Fritz Schlechtriemen gleich ein brisantes Thema auf den Tisch, das in der Presse bereits hohe Wellen schlug. „Ich sehe die Gefahr, dass über Jahrhunderte gewachsene Strukturen dem Zeitgeist der Zentralisation geopfert werden." – „Ich kann die Neuordnung nachvollziehen", wandte Hans-Jochen Gellner ein, „die Kirchen beider Konfessionen werden immer leerer, und die Kosten für Erhaltung und den laufenden Betrieb immer höher. Bloß ein Dutzend Besucher verlieren sich oft in riesigen Kirchenschiffen und vermitteln den Eindruck, einer aussterbenden Minderheit anzugehören. Außerdem lohnt es sich doch nicht, große Kirchenräume im Winter zu heizen."

„Du hast schon recht", pflichtete Stadtoberinspektor Ludwig Mayer bei, „aber ein Rückzug der Kirche aus der Fläche – dies gilt für Katholiken wie für Protestanten – bedeutet doch auch weniger Gottesdienste. Und wo kein Angebot besteht, erstirbt auch die Nachfrage. Denkt doch mal an die Kommunen: Die Gründung von Verbandsgemeinden in unserem Bundesland bedeutet, gemeinsame öffentliche Aufgaben wie Wasserversorgung, Abwasserbeseitigung, Müllabfuhr und vieles mehr in einer leistungsfähigen Verwaltung mit Spezialisten zu bündeln. Jede Ortsgemeinde hat aber ihre Selbständigkeit und Identität behalten. Was sagt denn unser Freund und Geistlicher Rat zu unserer Diskussion? Er ist doch hautnah vom Thema ‚Pfarreischließungen' berührt."

„Das kann man wohl sagen", gab Pfarrer Johannes Kittelmann seine bisherige Zurückhaltung auf, „obwohl ich als Priester i.R., also nicht im Ruhestand, sondern ‚in Reichweite', nicht mehr ganz so nahe mit dem kirchlichen Geschehen befasst bin. Konfessionelle Bindung spielt für die meisten Christen weiterhin eine große Rolle, trotz des schwächeren Besuchs von Gottesdiensten und anderen kirchlichen Veranstaltungen, wobei in der evangelischen Kirche die Rolle der Gottesdienste ohnehin eine geringere Bedeutung hat als bei den Katholiken. Auch ich sehe die Entwicklung mit Sorge. Warum kann man nicht als Priester oder Pastor mit einem Dutzend Leuten Gottesdienst feiern? Natürlich muss der Ort nicht eine riesige Kirche sein, ein ganz gewöhnlicher Raum tut es zur Not auch. Ich stimme Ludwig Mayer zu: Wir dürfen das Angebot an Seelsorge nicht zurückfahren. Doch hier liegt die Krux. Es gibt immer weniger Priester."

„Wahr gesprochen", bekam Uhrmachermeister Ernst Maringer jetzt sein Stichwort, auf das er gewartet hatte: „Wenn die Christen ihre örtliche Kirche verlieren, in der sie getraut und in der ihre Kinder getauft wurden und in der Beerdigungsgottesdienste für Familienangehörige und nächste Freunde stattfanden, geht christliches Leben ins Abseits oder hört auf. Ein Schweizer Kollege schickte mir kürzlich ein sensationelles Dokument, nämlich die Ausgabe einer eidgenössischen Jesuitenzeitschrift aus dem Jahr 1970. Darin entwarfen junge Theologen, darunter heute, 1987, so hochrangige Leute wie Joseph Ratzinger und Karl Lehmann, eine

Horrorvision, wenn die Kirche am Pflichtzölibat festhält und dadurch die Zahl geeigneter Priester in erschreckender Weise zurückgeht. Von diesem Memorandum hat man nichts mehr gehört, weil es im ‚Giftschrank' der Kirchenbürokratie verschwunden ist."

„Wurden die Verfasser von ihrer Bischofskonferenz, die vor der römischen Kurie Angst hatte, zum Schweigen verdonnert?" warf Ludwig Mayer ein. „Jedenfalls verfolgten sie ihre Initiative nicht mehr und stiegen in der Karriereleiter nach oben. Ich sehe noch einen weiteren Schwachpunkt in der katholischen Kirche, der ihr einmal bitter auf die Füße fallen wird. Papst Johannes Paul II., der erzkonservative Pontifex aus Polen, wird gerade in Deutschland mit großem Pomp gefeiert. Sogar viele Gläubige jubeln ihm zu, die gar nicht daran denken, sich die von der Kirche vorgeschriebene natürliche Empfängnisverhütung aufdiktieren zu lassen. Aber dieser Papst verteufelt Kondome und Antibabypille in Afrika und in anderen armen Gebieten der Welt. Somit sorgt er dafür, dass dort die Bevölkerungszahl explodiert und immer mehr Menschen verhungern. Hoffentlich gibt es nicht 2010 oder 2020 eine gigantische Völkerwanderung der Armen und Hungernden nach Europa. Die katholische Kirche hätte eine Mitschuld daran."

Bei aller Kritik war sich die Runde einig: Die beiden großen Kirchen leisten auf sozialem Gebiet (natürlich auch mit Hilfe staatlicher Mittel) unendlich viel, was die Regierungen kaum zu bewältigen in der Lage wären. Pfarrer Kittelmann ließ vor allem das Thema ‚Pflichtzölibat' keine Ruhe. Er war zur Überzeugung gelangt: Kleine Diskussionsrunden über die Probleme rund um die Kirchen bringen nichts. Man müsste an die Öffentlichkeit gehen, um Mitstreiter für die dringend notwendigen Reformen zu gewinnen. Ihm kam eine Idee…

5. Senioren brechen Ludgers Schweigen

Ludgers Besorgnisse, dass die aufwendige Renovierung des elterlichen Juweliergeschäfts nicht den erhofften Erfolg bringen würde, erhielten zusätzliche Nahrung. In bester Lage der Fußgängerzone, direkt dort, wo sich die schmale Straße zum großräumigen Ratshausplatz öffnet, hatte ein Möbel- und Dekorationsartikel-Geschäft aufgegeben und einem Großunternehmen Platz gemacht. Die Ladenkette hatte dort eine ihrer inzwischen mehr als 200 Uhren/Schmuck-Filialen eröffnet, eine tüchtige Verkäuferin abgeworben und gleich zur Filialleiterin befördert.

„Sie wird garantiert einige Dutzend guter Kunden an ihre neue Wirkungsstätte mitnehmen", sprach Vater Maringer beim Mittagessen die neue Situation an, „hätten wir doch in ihrem Arbeitsvertrag eine Klausel eingebaut, dass die Mitarbeiterin im Falle eines Wechsels nicht zu einem Mitbewerber im selben Einzugsgebiet gehen darf. Aber kann man mit jeder Eventualität rechnen?"

Das Schuljahresende warf seine Schatten voraus. Die letzten Klassenarbeiten waren geschrieben und zurückgegeben worden. Ludgers Leistungen bewegten sich auf breiter Front im Sinkflug. Es blieb aber dabei: Die Versetzung war allein durch ein Ungenügend im Fach Englisch ausgeschlossen. Pfarrer Kittelmann war zum versprochenen Gespräch mit Ludger bei Vater Maringer erschienen. Man saß bei einem Ahrrotwein

(Ludger als Sportler begnügte sich mit einem Mineralwasser) auf der Maringer'schen Terrasse hinter dem Geschäftshaus. Hier war eine grüne Lunge entstanden, da auch die Nachbarn ihre Freiflächen für allerlei Naherholungszwecke nutzten. Ein Idyll, von dem die Fußgängerzonen-Besucher nichts ahnten, da sie nur die Vorderfronten der Geschäftshäuser kannten.

Der Geistliche folgte gerne solchen Einladungen, weil für ihn als Ruheständler die Abendstunden meist quälend eintönig verliefen. So nahm er auch von den schulischen Leistungen der Maringer-Kinder gerne Notiz. Ludger mochte den weltoffenen Pfarrer. Der betrachtete seinen Großvater als Freund, nachdem der Uhrmacher vor vielen Jahren die Kirchturmsuhr nach langer ‚Sendepause' wieder zum Leben erweckt hatte. „In der zehnten Klasse wird in Gymnasien strenger ‚gesiebt', denn Lehrer konzentrieren sich gerne auf jene Schüler in der Oberstufe, denen sie zutrauen, das Reifezeugnis zu erwerben", zeigte sich der alte Seelenhirte gut informiert, „wie steht's um dich Ludger?" Der Angesprochene errötete vor Scham. Die letzte Sechs in der ungeliebten Fremdsprache hatte er den Eltern verschwiegen.

„Du gibst kein gutes Bild ab", redete Kittelmann ihm ins Gewissen. „Alle sagen, mit dir stimmt etwas nicht, aber du hast keinen Mut, dein Herz auszuschütten. Heute und hier kannst du es tun. Wir versprechen dir, dass du – wenn du uns beiden Alten deinen Griesgram erklärst – von uns jede mögliche Unterstützung bekommst."

Das Eis war gebrochen, und einiges kam ans Licht: Der ominöse Brief des Geldinstituts und die Angst um die wirtschaftliche Zukunft von Familie und Firma, die Albträume, die Peinlichkeit, mit den Eltern über den offensichtlichen geschäftlichen Niedergang zu sprechen, die Energielosigkeit und Unlust schulischen Dingen gegenüber. Ludger nahm bereitwillig den Vorschlag der beiden Senioren an, sich mit den Eltern in größerer Runde zu treffen und zu beratschlagen, wie vielleicht dennoch das zu Ende gehende Schuljahr gerettet werden könnte. Befreit und wie aufgedreht wirkte der junge Mann. Er fühlte, er war nicht mehr allein.

6. Caspers' Zeit im Luftschutzbunker/Ernste Sorgen um den Deutschlehrer

Oberstudienrat Rudolf Caspers sah schlecht aus: Sein stets gesunder, offenbar durch viele Frischluftaktivitäten rosiger Teint war einer wächsernen Blässe gewichen. „Ich gehe nächste Woche ins Krankenhaus, kann euch also nicht bis Schuljahresende unterrichten. Eure Noten sind fertig. Mit Rücksicht auf die anderen Kollegen kann ich sie euch aber jetzt noch nicht verkünden", teilte der sonst so lebensfrohe und im Schülerjargon ‚echt coole' Lehrer ernst und sehr gefasst der Klasse mit. „Aber mein Versprechen halte ich: Morgen gibt's die Luftschutzbunker-Erlebnisse."

Normalerweise wären jetzt Beifall und zustimmende Rufe aufgebrandet. Aber die erschrockenen Mienen der Schülerinnen und Schüler zeigten, dass Anteilnahme und Besorgnis über den Gesundheitszustand des geliebten Lehrers die Aussicht auf die ‚Fleißprämien-Stunde' verdrängten. „Caspers ist weiß wie die Wand. Er hat viel zu wenig rote Blutkörperchen", dozierte Klassenkommentator Erich Holzenthal nach der Stunde altklug. Diesmal bekam er von niemand ein Kontra, schließlich deckte sich sein Eindruck mit dem der Klasse.

Zu Beginn der Deutschstunde am folgenden Tag zeigte Caspers mit dem Tageslichtprojektor Fotos des Objekts „Theaterbunker-Wohnungen e.V./Bonn". 1955, zehn Jahre nach Kriegsende, nahm der Student Caspers mit Freunden aus seiner ehemaligen

Schule Wohnung im Stahlbetonungetüm, das halb über und halb unter der Erde lag.

Wände und Decken waren bis zu 3,50 Meter stark, so dass die meisten dieser Bauwerke den Bombenhagel des Zweiten Weltkriegs mehr oder weniger unbeschadet überstanden haben. Der Eingang verlief in Schlangenlinien, ein wirksamer Schutz gegen die gefährlichen Splitterbomben. „Ich habe einmal gelesen, solche Bunker hätten kein Fenster zum Öffnen gehabt. Dann hätten die Leute drin doch ersticken müssen", wollte Sybille Schmitz wissen, und weitere Fragen nach Schlaf- und Wohnräumen folgten.

Das Interesse der Klasse war riesig, und der ehemalige Bunkerbewohner packte eine Menge informativer Erinnerungen aus: „Im Betonklotz lebten etwa 150 Leute. Jeder zahlte fünf Deutsche Mark Monatsmiete an die Stadt Bonn. Die Einzelzimmer hatten 2,20 x 2,50 Meter Größe, also das ‚Format' einer Abstell- oder Vorratskammer. Der Bunkermanager residierte in einer ‚Suite'. Die Zimmer hatten mittels eines rechtseckigen Lochs eine indirekte Belüftung. Ab und zu brummte ein Motor. Dann wurde Frischluft angesaugt, entweder per elektrischem Lüfter oder mit einer Handkurbel. Verbrauchte Luft leiteten Löcher im Dach wieder nach draußen. Unser Bunker war durch Schleusen immerhin gegen Gasangriffe gerüstet, aber die hatten wir lange nach Kriegsende nicht mehr zu befürchten. Es gab bei uns – was Millionen andere Wohnungen in der Zeit nach dem 2. Weltkrieg nicht hatten – je einen Dusch-, Fernseh- und Fahrradraum."

„Und wie war es mit Toiletten?" wollte Erich Holzenthal erfahren. „Ach ja, hätte ich beinahe vergessen. Luftschutzbunker verfügten über Toiletten mit Wasserspülung, Küchen- und Vorratsräumen." Caspers war sichtlich überanstrengt, wollte aber dennoch die Stunde mit zwei Anekdoten beenden: „Meine ‚Zelle' lag unter der Erdoberfläche. Der Bunkermanager warnte mich, wenn der Rhein Hochwasser hätte, könnte bei mir das Wasser einen halben Meter hoch stehen. Ich machte mich also darauf gefasst, eines Nachts schwimmend mein Schlafgemach verlassen zu müsssen."

Das ‚Elend' westdeutscher Jung-Akademiker setzte sogar jenseits des Eisernen Vorhangs Hilfsmaßnahmen in Gang: „Einmal bekamen wir Weihnachtspäckchen aus der DDR: ‚Für unsere armen Studentenbrüder in der kapitalistischen Bundesrepublik'", erinnerte sich Caspers an eine wohl eher politisch als caritativ gemeinte ‚Spende'. Am Schluss der Stunde war der verehrte Deutschlehrer geschafft. Ermattet saß er am Lehrertisch. Alle kamen, um sich von ihm zu verabschieden. Er hatte kaum die Kraft, die guten Wünsche mit freundlicher Miene zu quittieren. Studienassessor Hubert Metternich übernahm bis Schuljahresende als Caspers' Vertreter das Fach Deutsch und die Klassenleitung der 10 b.

Wo die undichte Stelle lag, die ärztliche Untersuchungsergebnisse weitergeleitet hatte, war Angelegenheit des Kreiskrankenhauses in Ostwaldstadt oder der Schulverwaltung. Jedenfalls wussten es innerhalb von Stunden alle im Freiherr-vom-Stein-Gymnasium: Rudolf Caspers hatte Darmkrebs, und zwar in weit fortgeschrittenem Stadium, so dass sich eine Reihe von Metastasen gebildet hatte. Eine schwierige Operation stand unmittelbar bevor.

Die Leiter jener Klassen, in denen der schwer kranke Lehrer unterrichtete, gaben eine offizielle Verlautbarung der Schulleitung bekannt: „Herr Oberstudienrat Caspers ist erkrankt und liegt im Krankenhaus. Auf dringenden Wunsch der Ärzte bitten wir darum, ihn dort nicht zu besuchen. Herr Caspers braucht dringend Ruhe, um sich auf die erforderlichen ärztlichen Maßnahmen zu konzentrieren. Er ist in besten Händen, und wir wünschen ihm baldige Genesung."

Wenige Tage später besuchte Ludger einen Sportkameraden aus seiner Fußballmannschaft, der wegen einer Beinverletzung im selben Krankenhaus lag. Der junge Maringer stand an einem Aufzug, dessen Tür aufging. Ein abgezehrter Mann trat heraus. Der Trainingsanzug zeigte an, dass er Patient im Hause war. Ludger schaute ihm ins Gesicht: Es war Caspers. Auch der Kranke erkannte seinen Schüler und quälte sich ein Lächeln ab. „Wie geht es Ihnen?" fragte Ludger und war sich sofort bewusst, dass diese Erkundigung eigentlich fehl am Platz war.

Der Lehrer antwortete auch nicht, sondern nickte Ludger mehrfach zu, als wolle er sagen: „So weit ist es mit mir gekommen." Er wandte sich ab und schleppte sich in Richtung eines dunklen Flurs. Erst jetzt bemerkte der Schüler, dass sein Deutschlehrer in einer Plastiktüte eine Flasche Mineralwasser und eine Tageszeitung trug, die er offenbar im Kiosk gekauft hatte. „Bei Schwerkranken reduziert sich das Leben auf ganz wenige Dinge", erlebte der junge Mann intuitiv das Grundgesetz alles Endlichen.

7. Kittelmanns Kampf und der Starrsinn der Kirche

An Johannes Kittelmann schieden sich seither die Geister. Für die einen war er eine Art Revoluzzer, der durch lockere, kritische Sprüche die Autorität der „Heiligen römisch-katholischen Kirche" zu untergraben drohte, die anderen feierten ihn wegen seiner souveränen, selbstbewussten Art des Umgangs mit seinen Vorgesetzten. Dadurch nahm er viele Kirchenmitglieder mit, denen das starre, reformunfähige System Kirche ein Horror war, die aber wegen Priesterpersönlichkeiten vom Schlage Kittelmanns der Kirche nicht ade sagten.

Für des Ruheständlers Freimut und Ungeniertheit sprach der Witz, den er in seine Festpredigt im Hochamt anlässlich seines 40jährigen Priesterjubiläums in der überfüllten Ostwaldstädter Pfarrkirche einbaute: „Warum ist der evangelische Pfarrer schlank und der katholische Priester dick? Der evangelische Pastor kommt abends nach Hause, geht an den Kühlschrank, sieht, dass nichts drin ist, und geht ins Bett. Der katholische Seelenhirte schaut ins Schlafzimmer, sieht, dass nichts drin ist, und geht an den Kühlschrank."

Dass Kittelmann einem guten Tropfen nicht abgeneigt war, brauchte man niemandem in der Pfarrei als Neuigkeit zu erzählen. Insofern offenbarte der Gag auch eine Art Selbstironie, die dem Geistlichen nur noch mehr Sympathie eintrug, allerdings einige ‚Betschwestern' zu einer geharnischten Beschwerde beim Bischof veranlasste. Dort wanderte der Brief in die Personalakte:

„Bei Gelegenheit kommen wir darauf zurück", meinte der zuständige Referent, was als Drohung zu verstehen war.

Kittelmann, inzwischen 78jährig und dank täglicher körperlicher Bewegung durch ausgedehnte Spaziergänge und auch geistig noch erstaunlich fit, saß am Schreibtisch in seiner kleinen Eigentumswohnung, die er sich für seinen Ruhestand gekauft hatte. Im bischöflichen Ordinariat war man nicht erbaut darüber, dass der Pfarrer a.D. weiterhin in seinem jahrzehntelangen Dienstort wohnte. Deshalb musste er sich verpflichten, außer in Notfällen, in seiner ehemaligen Pfarrei keine Gottesdienste abzuhalten und keine weiteren Seelsorgdienste zu verrichten.

Dies erschien ihm auch als sehr vernünftig. Sein Nachfolger sollte in Ruhe arbeiten und nicht Gefahr laufen, von kritischen Pfarreimitgliedern bei jeder Gelegenheit mit seinem Vorgänger verglichen zu werden. Kittelmann liebte seinen kleinen, massiven, von einem örtlichen Möbelschreiner nach guter alter Art gezimmerten Eichentisch, auf den eine Stehlampe helles Licht warf. Er hasste die in modernen Wohnungen öfter zu sehenden kleinen Deckenleuchten, bei denen er und seine Altersgenossen nicht lesen und nur schlecht schreiben konnten.

Vor sich liegen hatte er die Kopie des „Memorandums zur Zölibats-Diskussion" von Theologen, die auf dem Weg zu sein schienen, die Kirche gründlich zu modernisieren. Die schweizerische Jesuitenzeitschrift ‚Orientierung' hatte das Dokument in einer Doppelnummer vom 31. März/15. April 1970 veröffentlicht. Die Verfasser (darunter so bekannte Namen wie K. Rahner, J. Ratzinger, W. Kasper, K. Lehmann und O. Semmelroth, wobei aber nur ein Teil von diesen auch seine Unterschrift geleistet haben soll) „fühlen sich gedrängt", den Bischöfen eine Überprüfung des Zölibats zu empfehlen. Eheloses Priestertum soll nach wie vor bestehen, für Bischöfe verpflichtend sein. Die Kirche sei verpflichtet, den Zölibat zu reformieren, da mit dem Festhalten daran nicht genügend Priester zu gewinnen seien. Der Pflichtzölibat führe nicht nur zu einem Rückgang der Priesteramts-Kandidaten, sondern auch zu einer Qualitätsverschlechterung des geweihten Personals.

Dass die – so kommentierte Kittelmann – Hasenfüße in der Deutschen Bischofskonferenz in der bedingungslosen Gefolgschaft zu Rom diesen dramatischen Aufruf angesichts der damals schon „notvollen Situation" wie Teufelszeug wegschlossen, so dass Kittelmann erst fast zwei Jahrzehnte später davon erfuhr, regte ihn mächtig auf. Mit Blick auf das an der gegenüberliegenden Wand hängende Kruzifix betete er: „Lieber Gott, ich bin kein Heißsporn und Haudegen, aber gib mir die Kraft, dass ich meinen Mund aufmache. So kann es nicht weitergehen. Der Priestermangel führt doch unweigerlich zu weiterem Priestermangel, weil Geistliche landauf, landab immer weniger sichtbar sind und die Attraktivität des Berufs am Boden liegt. 2020 oder noch früher wird man die meisten Pfarreien auflösen müssen. Dann gute Nacht, Kirche."

Schon des öfteren hatten geistliche Mitbrüder Johannes Kittelmann angesprochen: „Du bist doch im Ruhestand und kannst dich gefahrlos äußern. Jeder sieht, der Priestermangel wächst und wächst." In der Tat: Gleich drei Pfarrer im Bistum hatten im letzten Jahr dem Amt entsagen müssen, weil sie die ‚Liebe ihres Lebens' kennengelernt hatten. Leisetreterei und breitflächiges Vertuschen von Missbrauchsfällen durch Priester müssten doch, so war der Pensionär überzeugt, jedem Kirchenfürsten wie ein Klotz am Bein hängen und ihn an seiner Arbeit verzweifeln lassen.

Vor allem an den Abenden blieb dem alten Priester viel Zeit, um über Gott und die Welt nachzudenken. Abwechslung durch Sitzungen der Pfarrgremien, Bibelabende, Veranstaltungen für Jugendliche und Senioren, Einladungen zu Verein- und Privatveranstaltungen oder auch anregende Gespräche mit Kaplänen, pastoralen Mitarbeitern und vieles mehr fehlten ihm weitgehend. Gewiss, auch jetzt im Ruhestand, brachten dem alten Geistlichen lange bestehende Freundschaften Abwechslung, so auch der Stammtisch.

Gern folgte Kittelmann Wünschen des Bezirksdekans, aushilfsweise Gottesdienste zu übernehmen. Allerdings dachte niemand daran, ihm einen Fahrer mit Fahrzeug zu schicken. Überlandfahrten im Winter hat er bisher unfallfrei bewältigt. Aber wie lange noch? Immer öfter fand der Seelsorger Trost bei einer Flasche Rotwein von der Ahr oder rheinhessischem

Weißwein, und ihm war bekannt, dem Alkohol sprechen auch andere Kollegen gerne zu.

Wie schön wäre es gewesen, gerade abends und nachts immer ein weibliches Wesen um sich zu haben, mit dem man über alles reden und Zärtlichkeiten austauschen konnte, das viele Jahre, möglichst ein Leben lang, Freud und Leid mit einem teilte. Und mit dem man sogar Kinder bekommen und aufziehen könnte. Solche Gedanken bleiben Wunschträume für den alten Herrn. Wie ihm ging es sicherlich auch vielen Kollegen, die sich um die Zukunft des Priestertums ernsthaft Sorgen machten.

„Es gibt doch zahlreiche junge Männer, in katholischen Jugendorganisationen groß geworden, intelligent, kommunikativ, mitreißend, die begeisternde Seelsorger werden könnten, aber leider eine Freundin haben und somit keine Chance auf den Priesterberuf", ging es Kittelmann durch den Kopf. Sollten solche Kandidaten ihr Privatleben verschweigen und sich dennoch weihen lassen, könnte ihnen dieses eines Tages bitter vor die Füße fallen. Solche Entdeckungen ziehen nämlich Entlassung und möglicherweise Existenzgefährdung nach sich.

Der Pensionär im Weinberg des Herrn war so wütend über seinen rückständigen und reformunfähigen Arbeitgeber, dass er zum Füllhalter griff und nach guter alter Art einen Leserbrief an die Heimatzeitung schrieb. Darin nahm er Bezug auf die Meldung von den drei Kollegen, die ihren Dienst quittieren mussten. „Ich mache einen Unterschied zwischen Geistlichen in Kloster- oder

Priestergemeinschaften und den Weltseelsorgern. Es verletzt religiöse Gefühle, wenn alle zum Weltpriestertum berufenen Geistlichen ohne Bindung an eine Priestergemeinschaft zum Zölibat verpflichtet werden. Diese Regelung ist unbiblisch, unmenschlich, sogar auch unchristlich."

Dass dies starker Tobak für seine Bistumsführung sein würde, war Kittelmann bewusst. Aber dieser Zornausbruch war er seinem Ruf als Mann klarer Worte schuldig. Er füllte noch einmal sein Weinglas, schaute sich in der ARD die ‚Tagesthemen' an, wo es unter anderem um Nationaltorwart Harald ‚Toni' Schumacher ging. Dieser hatte sich in seinem Buch „Anpfiff" abfällig über Spielerkollegen geäußert und Doping als in der Fußballbundesliga nicht unübliches Aufputschmittel bezeichnet. Daraufhin war sein Vertrag beim 1. FC Köln aufgelöst und der Spieler aus der Nationalmannschaft ausgeschlossen worden. Plötzlich stand dem Pfarrer vor Augen, ob nicht auch seinen Vorgesetzten die Kritik von ihm sauer aufstoßen würde. – Am nächsten Tag wanderte Kittelmanns Zölibat-Schelte dennoch in den Briefkasten.

Das Schulterklopfen wollte kein Ende nehmen bei Pfarrer i.R. Johannes Kittelmann, als drei Tage später die Heimatzeitung seinen Leserbrief veröffentlichte. Geistliche Mitbrüder und alte Freunde und Weggefährten sprachen ihm ihren Respekt aus und lobten Einsatz und Mut des alten Fahrensmannes im Weinberg des Herrn. Einige schreibgewandte Katholiken, denen das Schicksal ihrer Glaubensgemeinschaft nicht gleichgültig war, fassten dank Kittelmanns Vorpreschen ihrerseits den Mut, ihre Besorgnisse zu äußern.

„Wenn die konservativen Kräfte der Kirche die Politik des ‚Gesundschrumpfens' in Richtung auf eine kleine Elite verfolgen, dann dürfen sie sich nicht wundern, wenn Kirchengegner und Angehörige nichtchristlicher Glaubensbekenntnisse das althergebrachte Brauchtum ablehnen, die kirchlichen Feiertage verschwinden und christliche Bauwerke verrotten lassen", lautete eine der wichtigen Zukunftsängste in der Zeitung, für die allesamt der Pflichtzölibat schuld sei, weil er den Nachwuchs an tüchtigen Priestern abschnüre.

Woran Kittelmann nicht dachte, steht im Alten Testament, Buch Sirach, 20,9, und könnte als ‚Scheinglück' betitelt werden: „Es gibt Erfolg, der einem Manne zum Unheil ausschlägt, und es gibt Gewinn, der zum Schaden gereicht." Im Bischöflichen Ordinariat avancierte der ‚Fall Kittelmann' zum Top-Thema.

8. Die Idee der Sonderprüfung

Krisensitzung im Hause Maringer. Ludgers Eltern waren sehr gespannt auf das Treffen, weil der Großvater und Pfarrer Kittelmann als ‚Anwälte' des Sohnes auftreten wollten. Und beide schilderten den Schreck des Jungen wegen des Sparkassenbriefes, die Depression, in die er gefallen war, und den zwangsläufigen Leistungsabfall in der Schule. Mutter Maringer drückte spontan ihren Sohn an sich: „Das hättest du uns doch sofort sagen können." Auch der Vater zeigte Verständnis:

„Dass dir der Brief so naheging, ist doch ein gutes Zeichen. Jede Familie ist eine Solidargemeinschaft. Geht's ihr gut, haben alle den Erfolg und Gewinn. Geht's ihr schlecht, sind alle Mitglieder davon betroffen. Aber ich kann dir, meine lieber Sohn, sagen: Solch ein Geldinstituts-Schreiben ist nichts Ungewöhnliches. Bei Geschäftsleuten, die einen Kredit aufgenommen haben, prüft die Bank oder Sparkasse an Hand der jeweils neuesten Steuererklärung die finanzielle Situation. So stellt das Bankhaus fest, ob die Kreditkosten weiterhin bezahlt werden können. Denn der Kreditgeber will doch nicht riskieren, dass ein Darlehen platzt. Das kann den dafür zuständigen Bankleuten schlimmstenfalls die Stelle kosten. Wir kämpfen jedenfalls um unsere Existenz und werden dich und deine Schwester künftig über alle wichtigen Vorkommnisse informieren. Den Fehler, um den es heute geht, kreiden wir uns an und geloben Besserung."

Damit war dem Gespräch die erwartete Schärfe genommen, und die Frage stand im Raum: Wie kann man Ludger helfen, dennoch das rettende Ufer zu erreichen? Vater Hanno hatte den Vorsitz übernommen und gab ihn nicht mehr ab: „Wer hat einen Vorschlag?" Aller Augen richteten sich auf Kittelmann. Dieser schien sich gut vorbereitet zu haben: „Zwischen den Noten ‚ungenügend' und ‚mangelhaft' gibt es gefühlsmäßig eine bloß geringe Differenz. Beide liegen sozusagen ‚unter dem Strich'. Dagegen erscheint der Abstand zwischen ‚mangelhaft' und ‚ausreichend' merklich größer. Von daher dürfte der Versuch, eine Note zu verbessern, zwischen 5 und 6 leichter realisierbar sein." – „Gut argumentiert, mein Freund", lobte der Großvater, „die Kernfrage ist aber, welche Klimmzüge wendet man an, um den mächtigen Notengeber davon zu überzeugen, dass der kleine Schüler eine Chance verdient hat?"

Im Bewusstsein, die schwierige Lage nicht kleinzureden, nahm der Gottesmann einen tiefen Schluck aus dem Glas mit dem goldgelben rheinhessischen Ockenheimer Jakobsberg, den er so liebte. Maringer Senior beeilte sich nachzugießen in der Hoffnung, dass Kittelmann seiner Frage gleich eine überzeugende Antwort würde folgen lassen. Vom Weine angeregt, entwickelte der alte Seelenhirte dann auch eine Idee, die jedem der Anwesenden spontan gefiel:

„Da schriftliche und mündliche Leistungsnachweise erbracht sind, kann nur noch eine individuelle, gesonderte Aufgabenstellung Pluspunkte bringen. Daher dringende

Empfehlung an den jungen Mann: Nichts wie hin zum Englischlehrer, ihm die Bitte um eine Sonderarbeit vortragen, sich nach allen Regeln der Kunst vom Pauker wegen seiner Faulheit beschimpfen lassen und reumütig mit gesenktem Kopf erleben, dass sich der Pädagoge eine Aufgabe ausdenkt."

„Hilf dir selbst, dann hilft dir Gott", legte Opa Maringer mit einer stark abgegriffenen Volksweisheit nach, ebenso einverstanden mit dem Vorschlag des Geistlichen wie alle Erwachsenen im Raum. Wie aber würde Ludger reagieren? Denn zunächst kam es auf ihn an. Könnte er die Energie aufbringen, im Hochsommer, wenn das Schwimmbad lockt und schöne Mädchen in großer Zahl nur darauf warten, angequatscht zu werden, über Büchern zu sitzen und das Gehirn anzustrengen für zusätzliche geistige Leistungen? Noch dazu, wenn ein Erfolg letztendlich im Ungewissen liegt. Und ausgerechnet auch noch im verhassten Fach Englisch.

Ludger dachte aber nicht lange nach. Seine Antwort sah anders aus als befürchtet, sicherlich auch deshalb, weil seiner Umgebung ein Stein vom Herzen gefallen und er selbst von einer Last befreit war: „Ihr wisst, dass die Punktspiele im Jugendfußball beendet sind. Also hätte ich mehr Zeit, um eine Sonderaufgabe anzupacken. Ich will mein Bestes geben, hoffe aber auf euer Verständnis, wenn die Sache schiefgeht. Morgen rede ich mit Herrn Mölders." – „Bravo! So spricht einer, der es zu etwas bringen will", zeigte sich der geistliche Herr hocherfreut, dass sein Vorschlag ins Schwarze getroffen hatte. Jetzt lag es am Englischlehrer mitzuziehen.

9. Abschied vom verehrten Lehrer

„Das Freiherr-vom-Stein-Gymnasium betrauert den Tod eines verdienten Pädagogen. Oberstudienrat Rudolf Caspers ist einem tückischen Leiden erlegen. Unsere tiefe Anteilnahme gilt seiner Frau und seinen Kindern", begann Oberstudiendirektor Hans Merfels seine Trauerrede am Grab. Ludger blickte auf die offene Grabstätte. Neben dem Stadtpfarrer, der die Einsegnung vornahm, stand tiefverschleiert Caspers' Ehefrau, eine überaus attraktive Erscheinung. Die beiden fünf- und zweijährigen Töchter waren nicht zu sehen. Den letzten Weg ihres Vaters ersparte man ihnen. Die vom Verstorbenen unterrichteten Schüler waren vollzählig vertreten und die Unterrichtsstunden am Nachmittag wegen der Beerdigung ausgefallen.

Viele Tränen flossen auch am Tag nach der Beisetzung. Die Schulgemeinschaft war zu einer bewegenden Feierstunde in der Aula zusammengekommen. Die Gärtnerei Schmal, die viele Mitglieder des Lehrerkollegiums zu ihren Kunden zählte, hatte würdevoll den Bühnenrand ausgeschmückt, hinter dem Schulchor und −Orchester Aufstellung genommen hatten. Da beide Dirigenten vorsorglich auch für Trauerfeiern passende Stücke im Repertoire hatten, konnten die Ensembles ‚aus dem Stand' Ergreifendes darbieten.

Die Ansprachen von Schulleiter, der Elternbeiratsvorsitzenden und der Schülersprecherin vermittelten das Bild eines begnadeten Pädagogen, der − unvollendet − Großartiges geleistet hatte und nicht vergessen wird. Die Schulleitung hatte die Idee in die Tat umsetzen wollen, dass Mitglieder von Caspers' Klasse 10 b in aller Eile einige passende Gedichte suchen und vortragen. Also hatte man Klassensprecherin Marietta Kröber beauftragt. Der neue Deutschlehrer Hubert Metternich war wegen einer mehrtätigen Fortbildung abwesend. Marietta und einige mutige und fähige Lesekandidaten sollten in der Schulbibliothek geeignete Texte heraussuchen, die von der Deutsch-Fachkonferenz abzusegnen waren. Obwohl Ludger zu den besten Vorlesern zählte, hatte er bei Marietta keine Chance.

Dies war ihre Rache, weil der Juweliersohn ihr einmal abschätzig zugerufen hatte: „Du mit deiner Versandhausuhr. Zeitmesser kauft man dort, wo auch der Service dafür geleistet wird." Da war Marietta beleidigt. Es handelte sich tatsächlich um die Eigenmarke eines Paketverschickers. Ludger nahm die Retourkutsche der Klassensprecherin locker zur Kenntnis.

Die Gedichtvorträge der Klassenkameraden empfand der junge Maringer als emotionalen Höhepunkt der Veranstaltung: „Abschied vom Leben", von Theodor Körner, „Wanderers Nachtlied" und „Ein Gleiches" von Goethe sowie „Geistliches Lied" von Novalis. „Wenn alle untreu werden, so bleib' ich doch dir treu; dass Dankbarkeit auf Erden nicht ausgestorben sei…" Der fromme Dichter Novalis spricht eigentlich hier in einem Gebet mit Gott. Einige Schülerinnen interpretierten diese Zeilen aber als Zwiesprache mit dem geliebten Lehrer und schienen ohnmächtig zu werden. Zwei bereitstehende Rot-Kreuz-Helfer nahmen sich ihrer an. Am Schluss der Veranstaltung sangen alle Teilnehmer, begleitet vom Schulorchester, Dietrich Bonhoeffers „Von guten Mächten".

Mit starker innerer Anteilnahme beobachtete Ludger, wie sich Frau Caspers bei den Organisatoren bedankte. Die vorgetragenen Texte betrachtete der Schüler als Hommage für den verstorbenen Germanisten, und er schwor sich, die Muttersprache später in den Mittelpunkt seines beruflichen Lebens zu stellen.

Natürlich war der rasche Tod des verehrten Pädagogen ein außerordentliches und vor allem für viele Schülerinnen und Schüler schockartiges Ereignis. Aber gänzlich überraschend kam er für diejenigen, die Caspers unterrichtet hatte, nicht. Sie hatten doch die schwindenden Kräfte des leidenschaftlich um die deutsche Sprache kämpfenden Erziehers hautnah erfahren. Sein letztes Aufbäumen in der ‚Luftschutzbunker-Stunde' erlitten sie voll Hochachtung und innerer Bewegung mit. Wochenlang überschattete Caspers' Tod das Schulleben, doch die Schuljahres-Abschlussarbeiten duldeten keinen Aufschub. Und selbst 10 b-Klassen-Analyst Erich Holzenthal wagte aus Pietät keinen Auftritt, sondern raunte seinen Kumpels leise zu: „Die Besten fallen zuerst."

10. Kauf am Ort und fahr nicht fort/ Harry Huth und das Satzgefüge

In der Sozialkundestunde ging es hoch her. Studienrätin Susanne Dackel-Käferstein setzte sich der Kritik vieler 10 b-ler aus, als sie beim Thema ‚Vertriebsformen im Einzelhandel' den Großkonzernen das Wort redete: „In den USA gibt es fast keine kleinen Einkaufsstätten mehr. Supermärkte beherrschen das Feld. Dort sind die Preise billiger, die Auswahl ist größer, und Öffnungszeiten bis tief in die Nacht sind keine Seltenheit." Über den seltsamen Doppelnamen lachte man in der Schülerschaft nur einmal, nämlich an dem Tag, als der Zuname zum erstenmal fiel. Die Lehrerin, Mutter zweier erwachsener Kinder, hatte sich durch profundes Sachwissen, ein strenges Regiment und gleichzeitig ausgeprägte Fairness hohes Ansehen bei Kollegen und Schülern erworben.

„Solche Kaufstätten lohnen sich doch nur dort, wo Tausende von Kunden regelmäßig einkaufen", konterte Klassenprimus Arno Scholz. Und Marietta Kröber, deren Eltern eine Bäckerei und Konditorei betrieben, stimmte zu: „In unserer eher ländlichen Region müssten dann viele Kilometer mit dem PKW zusätzlich gefahren werden. Wenn alle im Großmarkt einkaufen, gehen in kleineren Ortschaften im Einzelhandel die Lichter aus." – „Eure Argumente sind nicht von der Hand zu weisen", zeigte sich die Sozi-Lehrerin diplomatisch, „aber König Kunde entscheidet, und er ist – trivial ausgedrückt – für gut, billig und viel."

Ludger Maringer wandte sich an die Lehrerin: „Überlange Öffnungszeiten sind nur mit Billigpersonal, also Nicht-Fachkräften, zu bewältigen. Das geht bei Selbstbedienung am Regal ohne weiteres. Wer aber zum Optiker, Goldschmied oder Apotheker geht, ist doch bei Aushilfsjobbern verloren." – „Fachpersonal kostet viel Geld", wusste Zahnarzttochter Sybille Schmitz zu berichten, „Zahnarzthelferinnen führen zum Beispiel Zahnsteinentfernen selbständig durch. Welcher Patient ließe eine Aushilfsjobberin ohne Fachkenntnisse in seinem Mund arbeiten?"

Großes Gelächter auch bei der Pädagogin. Die Diskussion bewies, dass die Strategie von Frau Dackel-Käferstein aufgegangen war, die Klasse mit einer gewagten These zu provozieren und die Gegenthese mit handfesten Gründen herauszufordern. Eine Abstimmung ergab, dass immerhin ein Drittel der Klasse eher Vorteile in großen, zentral gelegenen Einkaufsstätten sah. Zwei Drittel der Schülerinnen und Schüler, darunter etliche aus Familien, die kleinmittelständische Betriebe haben, setzten sich für deren Erhaltung ein, was die Ladenöffnungszeiten natürlich einengt.

Ludger kam die Idee, eine Aktion in der Öffentlichkeit zu starten, um bei Mitbürgern für Unterstützung und Erhalt einheimischer Geschäfte und Handwerksbetriebe zu werben. Dies wäre doch sicherlich eine gute Gelegenheit, fürs eigene Unternehmen Sympathiepunkte zu gewinnen und die Familie im Existenzkampf zu unterstützen. Aber im Augenblick hatte er wahrlich andere Sorgen.

„Du musst mir helfen." Im Juwelierladen stand Harry Huth, mit 1,85 Metern noch 3 cm größer als der junge Maringer. Harry war ein guter Freund seit Kindertagen, gleichaltrig mit Ludger, und er saß neben ihm in der Grundschule. Dann trennten sich ihre Wege: Harry besuchte die Hauptschule, Ludger das Gymnasium. Jetzt hatte aber die Landesregierung einige leistungsorientierte Hauptschulen mit der Ehre ausgestattet, ein 10. Schuljahr aufzustocken und dessen Absolventen das Zeugnis der Mittleren Reife auszustellen. Harry Huth war Schüler des ersten Hauptschuljahrgangs, der diese Zusatzausbildung durchlief.

Der Junge stammte aus einfachen Verhältnissen. Die Eltern hatten vier Kinder großzuziehen, von denen Harry das älteste war. Die Mutter konnte nicht berufstätig sein, da sie im Haushalt voll gefordert war. Vater Huth war erfolgreicher Koch in einem angesagten Ostwaldstädter Restaurant. Berühmt waren seine raffiniert mit allerlei Spirituosen aus aller Welt gekrönten Saucen zu Fisch- und Fleischgerichten. Beim Abschmecken gönnte sich der Koch immer öfter selbst einen Schluck aus der Flasche, was ihm Kündigung und Arbeitslosigkeit einbrachte.

Die Familie hielt zusammen, und Harry verdiente so manchen 50-Mark-Schein hinzu durch das Austragen von kostenlosen Wochenblättern samt Werbebeilagen. Der Vater fing sich wieder, blieb ‚trocken' und bewährte sich als fleißiger und umsichtiger Lagerist in einem Supermarkt.

Als ‚Klammer' zwischen den beiden Jungen erwies sich der Fußballsport. Harry und Ludger gehörten zu den Säulen von Trainer Seppl Eichhorn. Der eine sollte Tore verhindern, der andere aus allen Lagen welche schießen. „Wenn du noch fünf Zentimeter wächst, hast du Gardemaß und kannst von einer Profikarriere träumen", zeigte sich Eichhorn nicht kleinlich in aufmunternden Prophezeiungen für den jungen Torwart.

Seine Jugendmannschaft hatte der ehrgeizige Übungsleiter zu einem verschworenem Team geformt, das Siege feierte, aber die nicht ausbleibende eine oder andere Niederlage als Ansporn zur Leistungsverbesserung hinnahm. In ihrer Freizeit unternahmen beide unzertrennliche Jungen Radtouren in der Umgebung, Wanderungen in den Hochwald und besuchten Schwimmbad und Kino.

Jetzt also stand Harry als Bittsteller auf der Matte. „Du musst mir helfen, es geht um meine Zukunft." – „Geht's nicht etwas kleiner?" war Ludgers sarkastische Reaktion. Es stellte sich heraus, dass die Raiffeisen-Hauptschule allen Ehrgeiz daran setzte, ihren ersten Jahrgang mit Mittlerer Reife gegenüber den Absolventen von klassischen Realschulen und gymnasialen Abgängern nach der 10. Klasse leistungsmäßig nicht abfallen zu sehen, was bei Bewerbungs-Prüfungen öffentlich diskutiert worden wäre und die schulische Neuerung rasch als Flop abgestempelt hätte.

Also legte Harrys Deutschlehrer Uwe Klöterjan großen Wert auf Orthographie und Zeichensetzung, da sich die meisten Schüler in Harrys Klasse für Büro-, speziell Handels- und Banken-Lehrstellen interessierten. Um sein wackeliges Befriedigend im Fach Deutsch zu festigen, sollte Harry eine Satzkonstruktion als Hausarbeit analysieren und jedes Komma begründen. Das speziell für ihn bestimmte Satzgefüge lautete: „Der amerikanische Außenminister, der, aus Rom kommend, in Köln/Bonn zwischengelandet war, erklärte vor seinem Weiterflug nach Moskau, er setze alles daran, die bilateralen Beziehungen zwischen den USA und der Sowjetunion zu verbessern."

Eine 3 in Deutsch sei die Voraussetzung, dass Harry sich bei der Sparkasse Ostwaldland bewerben könne, meint der Sportsfreund als Abschluss seines Situationsberichts. „Das sollte zu schaffen sein", erklärte Ludger, was Harrys düstere Miene schlagartig aufhellte. „Ich kann mir keinen besseren Germanisten als unseren unvergessenen Herrn Caspers vorstellen", urteilte der junge Maringer und gab damit dem Freund bekannt, wem er sein umfassendes grammatikalisches Wissen verdankte. „In Satzanalysen bin ich topfit." Der Gast erwartete gleichermaßen entspannt und gespannt die nun notwendige Prozedur.

„Hier hast du ein weißes Blatt ohne Linien und einen Kugelschreiber. Nimm das Blatt quer, das gibt nachher ein besseres graphisches Bild", befahl Ludger im Stil eines Oberlehrers. „Erste Aufgabe: Wie heißt der Hauptsatz?" Erfreulich schnell hatte ihn der Gast gefunden: „Der amerikanische Außenminister erklärte vor seinem Weiterflug nach Moskau." – „Okay, schreibe den Hauptsatz oben auf das quergelegte Blatt und unterstreiche ihn im kompletten Text. So sehen wir, was fertig und was noch zu tun ist. Vom Hauptsatz hängt alles weitere ab. Was kommt als nächstes?" Harry überlegte und antwortete:

„Der in Köln/Bonn zwischengelandet war." – „Wovon hängt das ‚der' ab?" – „Von ‚der amerikanische Außenminister'." – „Mach also einen Pfeil unter Außenminister nach unten und schreibe den Satz hin. Warum ist das ein Satz?" – „Weil ein Verb enthalten ist." – „Und warum ist es ein Nebensatz?" – „Weil er keinen Sinn ergibt." Ludger war zufrieden mit Harrys solider Satzbau-Grundlage. „Wir bestimmen jeden Nebensatz nach drei Kriterien, Stellung, Form und Inhalt. Der Stellung nach kann ein Nebensatz Vorder-, Zwischen- oder Schlusssatz sein. Was liegt hier vor?"

„Ein Zwischensatz." – „Korrekt. Bei der ‚Form schauen wir auf das einleitende Wort oder eine später auftauchende Verbform. Da das ‚der' hier ein Relativpronomen ist, handelt es sich der Form nach um einen Relativsatz. Den ‚Inhalt' bestimme ich ebenso rasch: Was für ein Außenminister? Der in Köln/Bonn zwischengelandet war. Das ist ein Attributsatz." Harry musste unter ‚Außenminister' einen Strich nach unten ziehen, den

Nebensatz darunter schreiben und im kompletten Satz unterstreichen. Jetzt kam „aus Rom kommend" an die Reihe.

Ludger dozierte: „Stellung Zwischensatz, Form Partizipialsatz, da 'kommend' ein Partizip Präsens ist. Inhalt: Was für ein Außenminister, also Attributsatz, wobei das ‚der' durch die Partizipialform ersetzt ist. Also Harry: Setze auf deinem Blatt unter das ‚der' wieder einen Pfeil nach unten und schreibe den Nebensatz darunter. Der ist also Nebensatz zweiter Ordnung. Bitte im Gesamttext wieder unterstreichen. Was kommt jetzt?" – „Er setze alles daran." – Woraus besteht er?" – „Subjekt und Prädikat." – „Also ein Hauptsatz, der vom vorausgehenden Nebensatz durch ein Komma abgetrennt wird. Du kannst von ‚Außenminister' wieder einen Strich nach unten ziehen und in die vierte Reihe den mit ‚er' beginnenden Satz schreiben.

Jetzt fehlt nur noch ein Satz: „Die biliteralen... zu verbessern." Harry hatte Feuer gefangen: „Der Stellung nach ist es der Schlusssatz, der Form nach ein Infinitivsatz. Aber dem Inhalt nach?" Ludger half aus: „Er setze wen oder was daran? Das ist ein Objektsatz." Harry war sprachlos: „Das ist ja eine Wissenschaft für sich." – „Na klar, wer sie durchschaut, weiß also todsicher, wo ein Komma hinkommt. Grundregel: Haupt- und Nebensätze werden durch Kommas getrennt. Ich diktiere dir noch einmal die Nebensätze nach Stellung, Form und Inhalt. Du schreibst alles rechts auf dein Blatt. Deine Graphik ist mit der fünften Reihe vollendet. Präg dir alle vorkommenden Begriffe ein, auch das Wort ‚bilateral', was ‚beidseitig' bedeutet." Harry zog ab, leicht verwirrt, aber guten Mutes.

11. Mölders stimmt der Prüfung zu

Bevor Ludger in die Schule ging – an diesem Tag wollte er Mölders um ein Gespräch wegen einer Englisch-Sonderarbeit bitten – schärfte ihm die Mutter ein: „Sollte der Englischlehrer dir Vorwürfe machen, weil du in letzter Zeit apathisch und ohne Elan gewirkt hast, sag ihm nur ja nichts von dem Sparkassenbrief als Entschuldigung. Wir wissen nicht, ob Mölders solche Dinge für sich behält oder sie womöglich weitererzählt. Jedenfalls ist Gerede über schlecht gehende Geschäfte und Zahlungsschwierigkeiten mit das Schlimmste, was Betrieben passieren kann. Dann bleiben nämlich die Kunden weg. Egal, wie der Lehrer reagiert, sei höflich und zeig Reue. Gibt er dir eine Chance, ist die erste Hürde genommen."

Oberstudienrat Dr. Andreas Mölders bat den Schüler ins Elternsprechzimmer und hörte sich Ludgers Vorschlag an. „Wenn ich dir eine Fünf geben würde, müsste ich auch in der ganzen Klasse die Noten um eine Stufe erhöhen", benutzte er den Konjunktivus Irrealis, was von vorneherein kein gutes Omen war. Ludger klopfte das Herz bis zum Halse. „Aber ich will doch etwas dafür tun", hörte er sich fast tonlos sagen, und er ahnte, dass Mölders nun zur Generalabrechnung schreiten und seine Entscheidermacht nicht so leicht kurz vor Toresschluss für ein Schüleranliegen aufs Spiel setzen wollte.

„Am Abend wird der Faule fleißig. Jetzt besinnst du dich offenbar und entdeckst, dass von nichts auch nichts kommen kann", reagierte der Pädagoge wie erwartet kritisch und leicht zynisch. Der Junge wich seinem Blick nicht aus, als wollte er sagen: „Ich bin selbstbewusst, prüf' mich doch, vielleicht hast du mich unterschätzt."

In der Tat schien Mölders von Ludgers Mut beeindruckt zu sein. Der Bittsteller registrierte, wie der Lehrer offenbar einen inneren Kampf zu führen schien zwischen Nachgiebigkeit und Ablehnung. Sekunden später traf er eine Entscheidung: „Ich überlege mir, was ich dir als Sonderaufgabe stelle." Ludger wagte nicht, ein Signal von Freude auszudrücken in der Furcht, Mölders könnte seinen Entschluss in letzter Sekunde umwerfen.

Auf dem Heimweg wertete der junge Maringer das Ergebnis als Punktsieg und war bester Dinge. Denn jetzt war klar: Der Englischlehrer gab dem Schüler eine Chance. Also – davon war Ludger überzeugt – hat er wohl den Spruch „Lasst die Kleinen leben!" verinnerlicht. Das Gespräch war wie erwartet hart verlaufen. Der junge Mann hatte seine Rolle als Bittsteller devot, aber dennoch entschieden gespielt. Natürlich war es Mölders gutes Recht, Ludger eine lasche Arbeitshaltung zu bescheinigen. Am kommenden Montag sollte die Bekanntgabe des Themas erfolgen.

Ehe Ludger in die Fußgängerzone einbog, sah er von weitem Paul Leister, Mitsechziger und schon lange wegen eines Nervenleidens im Ruhestand. Leister schaute scheinbar uninteressiert in einen Müllbehälter, wie sie an allen neuralgischen Punkten aufgestellt waren, also überall dort, wo Abfall entstand. Dann folgte ein schneller Griff hinein, und eine weggeworfene Glasflasche wanderte in die Plastiktüte in der anderen Hand. Als er den näher kommenden jungen Maringer erkannte, versteckte der Sammler die Tüte hinter seinem Rücken.

„Na, Herr Leister, machen Sie bei dem schönen Wetter einen Spaziergang?" sprach Ludger den Bekannten an. Der war froh, dass er seine Sammlertätigkeit wieder einmal verbergen konnte, und gab freundlich zurück: „Bald gibt's Sommerferien. Dann hast du auch mehr Zeit für alles Mögliche." – „Komischer Kauz", dachte der Schüler, „jeder weiß, dass Leister eine Art Sammlerwahn umtreibt. Denn die Pfennig-Stücke Flaschenpfand hat er wohl nicht nötig." – Zu Hause herrschte große Freude über Ludgers Mut und dass ihm nach Lage der Dinge ein Erfolg geglückt war. Großvater Ernst zeigte sich beeindruckt: „Alle Achtung vor dem Lehrer, dass er sich so fair gezeigt hat." Die Mutter hielt sich mit Lob für Mölders zurück: „Warten wir die Aufgabenstellung ab."

„Die Sache ist geritzt!" Jubelte Harry Huth, umschlang Ludger mit beiden kräftigen Torwartarmen und küsste ihn auf die Stirn. Dem jungen Maringer war der Glücksausbruch des Freundes etwas peinlich, da er mitten im Juwelierladen stattfand und mehrere Kunden samt Verkaufspersonal verständnislos zusahen. Auch Ludger erschien zunächst ratlos ob Harrys Freudentanz, war aber schnell im Bilde, als der Sportkamerad berichtete: „Deine Satzanalyse war komplett richtig."

Das folgende Geschehen strömte aus Harry nur so heraus: „Mein Deutschlehrer fragte mich Gott sei Dank nicht, ob ich die Aufgabe alleine erledigt hatte. Er zweifelte allerdings mein Können an, weil er einige Fragen stellte. Deine Vorhersage traf 100%ig ein: Ich musste das Wort ‚bilateral' erklären und wurde nach den Partizipien und Relativpronomen gefragt. Auf diese Dinge hatte ich mich vorbereitet. Alles in allem: Ich bekam eine Eins, und damit ist das ‚Befriedigend' im Abschlusszeugnis gesichert. Von meinem Werbezeitungs-Verlag habe ich zwei Freikarten für den Zirkus bekommen, der Anfang Juni nach Ostwaldstadt kommt, und zwar Loge, wo die Prominenz sitzt. Eine Karte ist für dich."

„Sehr gern begleite ich dich", reagierte Ludger erfreut und nicht ohne Stolz, „aber lass dir noch einen Tipp für die Eignungsprüfung bei der Sparkasse geben. Eine Klassenkameradin erzählte von ihrer Lehrstellen-Sichtung bei einem anderen Geldinstitut. Die Bewerber mussten einen Fragebogen ausfüllen. Man wollte wissen, wie der Bundespräsident heißt, der Bundeskanzler, der Landrat des Ostwaldkreises, unser Verbandsbürgermeister und das Stadtoberhaupt, welche Fraktionen es im Bundestag gibt und welche in unserem Stadtrat. Auskünfte über das heimatliche Geschehen gibt dir gerne das Bürgerbüro bei der Verbandsgemeinde."

Ludger bat um Verständnis, wegen einer eigenen persönlichen Angelegenheit, über die er jetzt noch nicht sprechen könne, vollauf beschäftigt zu sein, und entließ den Freund auf die Schnelle. Seine Genugtuung über Harrys Erfolg war berechtigt und spornte ihn ungemein für sein eigenes Vorhaben an, eine Nachprüfung im Fach Englisch zu erreichen und diese auch zu bestehen. Ihm fiel ein weiser Spruch ein, den er irgendwo einmal gehört hatte: Wer andere unterstützt, weiß sich auch selbst zu helfen.

12. Pfarrer-Senior wird verwarnt

„Wo ist eigentlich Georg?" fragte Hans-Jochen Gellner in die Stammtischrunde, die sich im Ratskeller wieder einmal versammelt hatte. „Er wurde heute Morgen ins Bischöfliche Ordinariat bestellt", wusste Ernst Maringer zu berichten. „Es geht wohl um seinen Leserbrief." – „Man wird ihn doch wohl nicht unter Hausarrest stellen wollen", unkte Ludwig Mayer, doch der Uhrmachermeister sah keinen Grund für spaßige Bemerkungen: „Die Brüder in der Amtskirche dulden keine Kritik. Unseren Freund Kittelmann hat die Vorladung ins kirchenfürstliche Palais tief beunruhigt." Als Thema des Abends hatte das Gremium festgelegt, Antworten zu geben auf die Frage: „Sollen Managergehälter in Großbetrieben begrenzt werden?"

Stadtinspektor Ludwig Mayer hatte das Einleitungsreferat übernommen und zog vom Leder: „Es ist einfach eine Sauerei, wenn Vorstandsmitglieder eines Autoherstellers tausendmal mehr DM verdienen als ein Arbeiter am Band. Hier noch von sozialer Gerechtigkeit zu reden, ist frevelhaft." – „Natürlich gibt es da Auswüchse", widersprach Gellner, „längst nicht jeder Manager ist die Millionen wert, die er verdient. Aber als ehemaliger Mitgesellschafter und Geschäftsführer eines kleinen Mittelstandsbetriebs wehre ich mich dagegen, dass öffentlich gemacht und verglichen wird, was jeder Betriebsangehörige von der Spitze bis zum AZUBI verdient. Wer ‚oben' ist, trägt

Verantwortung für viele mit, deren Existenz von seinen Führungsqualitäten abhängt."

„Ich stimme Hans-Jochen voll zu", ergriff Apotheker Fritz Schlechtriemen das Wort. „Schauen wir doch einmal in die DDR. Wohin man blickt, prangt es stolz auf den Schildern: ‚VEB. Volkseigener Betrieb.'. Und was haben die Arbeiterinnen und Arbeiter von dieser hohlen Phrase? Schlechten Lohn und zehn Jahre Wartezeit auf einen Trabant oder Wartburg. Die meisten werden auch in Zukunft mit Bussen, Bahnen oder Fahrrädern in die Fabrik kommen, die Clique der höchsten Funktionäre und der steinreichen Oligarchen dagegen fährt in dicken Limousinen vor und führt den Staat als Selbstbedienungsladen. Im westlichen Monopolkapitalismus, wie Machthaber jenseits des Eisernen Vorhangs unsere Wirtschaftsordnung hasserfüllt und neidisch abqualifizieren, gehören Großbetriebe Familien, Aktionären oder kommunalen bzw. staatlichen Strukturen. Aber die Beschäftigten verdienen gut, und die meisten besitzen ein attraktives Auto. Läuft der Laden gut, fragt kaum jemand nach dem Einkommen der Big-Bosse."

Während der Rede des Apothekers war die Tür aufgegangen und Kittelmann hereingekommen. Wie ein Häufchen Elend, bleich und zittrig, nahm er Platz, schaute die Stammtischfreunde traurig an, als wolle er sagen: „Schaut, was mir widerfahren ist." Das Thema des Abends verschwand sofort von der Bildfläche, und die Fragen der vier ‚Senatoren' überfielen den Verspäteten: „Wie war's?" – „Du wirkst ja mächtig gestresst!" – „Haben sie dich in die Mangel genommen?" – „Hoffentlich fällst du nicht vom Glauben ab." –

Die Art und Weise, wie Kittelmann hereingekommen war und dasaß, weckte schlimme Befürchtungen bei den Freunden. Ernst Maringer, der einzige, den der Pfarrer über die Weisung informiert hatte, seinen Dienstvorgesetzten Rede und Antwort zu stehen, erschrak und fühlte sich mitschuldig, hatte er doch den Priester-Pensionär darin bestärkt, mit seinem Anliegen, den Pflichtzölibat zu lockern, an die Öffentlichkeit zu gehen.

Mag das Kirchenrecht noch so weltfremd und antiquiert sein: Maringer hätte – so wurde ihm schlagartig klar – Kittelmann vor Augen halten müssen: Unbotmäßigkeit gegenüber dem zuständigen Bischof und der Kirchenleitung insgesamt ist auch in einer Religionsgemeinschaft keine Bagatelle und zieht den Zorn der Vorgesetzten nach sich. Wer in der Stammtischrunde geglaubt hatte, Kittelmann würde auspacken und seine Erlebnisse im Bischofshaus schildern, sah sich getäuscht. Was dort geschah, wird man nie mehr genau erfahren, denn der Seelsorger hatte sich zunächst geschworen, niemanden über den Ablauf der Standpauke einzuweihen. Es beschlich ihn der Gedanke, dass womöglich alle Kollegen eine solche Maßregelung und Schimpfkanonade erleben wie er, wenn sie öffentlich kirchliche Regelungen missbilligen.

Der Hirte im Ruhestand sprach nur einen einzigen Satz über den Verlauf der Vorladung in der Bistumsverwaltung, aber der hatte es in sich: „Der weit jüngere Zuchtmeister des hohen Herrn bot mir alten Mann nicht einmal einen Stuhl an. Ich musste mir stehend seinen Zornausbruch anhören und fühlte mich so elend und erniedrigt wie einst die Männer vom 20. Juli 1944 vor Hitlers Volksgerichtshof." Mehr erfuhr man nicht.

Einige Zeit herrschte Schweigen im Raum, bis sich Fritz Schlechtriemen ein Herz fasste und dem Priester im Ruhestand verkündete: „Wenn sie dich nochmal ‚einladen', gehst du nicht allein dorthin. Du bekommst von uns Begleitschutz", was die Runde mit heftigem Tischklopfen absegnete. Man beschloss, den Abend zu retten und mit der begonnenen Diskussion fortzufahren. Und siehe da, Kittelmann, gestärkt durch ein großes kühles Weizenbier und eine Platte mit Hausmacher Blut- und Leberwurst, eine Ratskeller-Spezialität, lebte auf. Sein Kopf befreite sich vom Untertanen-Joch, in das er sich von der Amtskirche eingeschnürt sah, und erkannte die weit breitere Dimension des Themas ‚Manager-Gehälter':

„Es geht doch hier um arm und reich, genauer gesagt, um den Neid derer, die zu kurz gekommen sind, gegenüber denen, die in Saus und Braus leben. Wisst ihr auch, dass sich die Bibel damit befasst und eindeutig Stellung bezieht? Da gibt es den Brief des Jakobus im Neuen Testament. Darin steht sinngemäß: Wer reich ist, soll daran denken, dass er bei Gott kein Ansehen hat. Wie eine Feldblume wird er in der Sonne verdorren und vergehen. Ebenso werden die Reichen in ihrer Geschäftigkeit zugrundegehen. So weit Jakobus, über dessen Einseitigkeit ich mich nur wundern kann, ebenso über die Theologen, die solches in die Heilige Schrift aufgenommen haben."

„Die Bibel verallgemeinert in schrecklicher Weise", pflichtete Hans-Jürgen Gellner bei, „die Spenden wohlhabender Bürger sorgen doch dafür, dass Hilfsorganisationen das Elend in armen Ländern lindern. Dazu die Kirchensteuern, die der ärmere Teil der Bevölkerung gar nicht zu zahlen braucht."

Es war spät geworden im Ratskeller, und die Runde war sich einig, dass es, so lange die Menschheit existiert, Unterschiede zwischen Armen und Reichen geben wird. Allerdings haben Wohlhabende die Pflicht, nach Kräften unverschuldet in Armut lebende Menschen zu unterstützen. – Johannes Kittelmann, Pfarrer i.R., nahm weiterhin an ihn herangetragene Wünsche an, Gottesdienste zu feiern, weil er die Gläubigen nicht im Stich lassen wollte und ihm bewusst war: Nur wo es ein Angebot an Messfeiern gibt, herrscht Nachfrage. Mit der Amtskirche aber, speziell Bischöfen, die nach oben devot dienen, Kritiker unter den ‚Kleinen' aber mit Füßen treten, hatte er gebrochen.

13. Der „unerhörte" Text für Ludger/Doch ein Licht am Ende des Tunnels

Ludger hatte schlecht geschlafen. Heute, Montagmorgen, in der Englischstunde, wollte Mölders die Aufgabenstellung für den gesonderten Leistungsnachweis bekanntgeben. Würde er dem Prüfling eine faire Chance einräumen, also ein Thema stellen, das für einen ohnehin schwachen Englischschüler machbar war? Oder würde der Pädagoge den bisher durch Leistungsdefizit hervorgetretenen Schüler mit einer praktisch unlösbaren Lektion vor versammelter Mannschaft zum Schuljahresende vorführen und blamieren? Wieder hatte die Mutter, bevor Ludger das Haus verließ, das letzte Wort: „Denk dran, ruhig bleiben! Das Thema, egal was es ist, akzeptieren und Danke sagen. Versuche, selbstbewusst zu sein und keine Schwäche zu zeigen." Ihr Sohn hatte sich nichts vorzuwerfen und in den letzten Tagen jeweils eine volle Stunde englische Texte aus dem Lehrbuch laut gelesen, um seine Aussprache zu verbessern.

Mölders kam mit einer Überraschung. Ludger war nicht der einzige Prüfungskandidat. Der Englischlehrer informierte die Klasse, dass genau eine Woche später zwei Prüfungen stattfänden. Uschi Werkmeister sollte die Chance bekommen, ihre Vier bis Fünf auf ein Ausreichend zu verbessern. Die Schülerin hatte eine Fünf in Mathematik zu erwarten. Würde sie auch noch eine Fünf in Englisch bekommen, wäre sie unweigerlich nicht versetzt. Anschließend würde Ludger Maringer an der Reihe sein, um sich möglicherweise auf

Mangelhaft hochzubringen. Aufgabe für beide war, einen Text zu lesen, eine Inhaltsangabe vorzutragen und Fragen des Lehrers zum Text zu beantworten.

Am Schluss der Englischstunde sollten die beiden Kandidaten ihre Texte in Empfang nehmen. Die Klassenkameraden hatten nach dem Schellen den Raum verlassen. Mölders überreichte mit ernster und feierlicher Miene die Aufgaben. Uschi bekam ein dünnes Lektüreheftchen mit vielleicht 30 bis 40 Seiten Umfang, Ludger dagegen ein weit dickeres Taschenbuch im englischen Originaltext, nämlich den kompletten Roman „On the Beach" von Nevil Shute. Später sollte er feststellen, er umfasste mehr als 200 engbedruckte Seiten! Der Schüler erbleichte, seine Hände zitterten, und er hatte Mühe, sich – eingedenk der Mahnung seiner Mutter – zu beherrschen. So also sah die ‚Chance' aus, die Mölders dem ‚Spätstarter' offenbarte.

Zu Hause gab es Reste vom sonntäglichen Mittagstisch, Petersilienkartoffeln, Wirsing und Rinderbraten, in denen der junge Mann wie geistesabwesend herumstocherte. „Geh auf dein Zimmer, nimm den Sportteil der Zeitung mit und reagier' dich bei der Lektüre ab", empfahl der Vater, der sich ebenso wie Mutter und Großvater keinen Illusionen hingab. Alle drei vermieden aber jegliche Kritik am Englischlehrer, um Ludger nicht noch mehr zu entmutigen.

Damit er nicht mithören konnte, traf man sich im Hobbykeller zur ersten Krisensitzung. „Ein unglaublicher Skandal. Wie soll ein schwacher Englisch-Schüler innerhalb von einer Woche einen kompletten Roman verstehen und darüber referieren?" zeigte sich der Großvater konsterniert. „Noch dazu ist dies keine Schulausgabe, sondern ein Text für Leser, die die Sprache beherrschen und auch deren Besonderheiten in Wortwahl und Sprachstil verstehen."

„Gleich kommt Johannes Kittelmann. Ich habe ihn angerufen und SOS gefunkt", zeigte sich der alte Uhrmachermeister als Krisenmanager. Der angesprochene Priester-Pensionär traf Minuten später ein, knurrte „nicht mal einen Mittagsschlaf gönnt ihr einem Rentner" und ließ sich in die neue Lage einweihen. „Der Lehrer provoziert das Scheitern des Schülers. Das ist unfair, unmenschlich und sittenwidrig. Auf einen groben Klotz setzen wir einen groben Keil", stimmte der Seelenhirte nicht in den Chor der verzweifelten Familie ein. „Es gilt jetzt, jeden Strohhalm zu ergreifen." Er bat die Eltern um Verständnis, dass er Ernst Maringer in dessen Wohnung komplimentierte. Als die Alten allein waren, gab es erst einmal ein Glas Rotwein von der Ahr, ehe Kittelmann seine plötzliche Eingebung aussprach.

„Eine Herkulesaufgabe für den Jungen, praktisch unlösbar und nur mit ‚Trick 17' zu bewältigen. Mir fällt dazu nichts ein, also brauchen wir Hilfe von außen." Kittelmann beschwor seinen alten Freund, Sohn Rainer um Hilfe zu bitten. Dieser, ‚Studiendirektor' an einem 20 Kilometer entfernten Gymnasium mit den Fächern Deutsch und Geschichte, hatte sich vor einigen Jahren mit seinem Goldschmiede-Bruder wegen einer

Erbangelegenheit zerstritten. Seitdem herrschte Funkstille zwischen den Brüdern, was praktisch auch auf ihre Familien zutraf. „Du aber hast den Kontakt stets aufrechterhalten, kannst also Rainer ansprechen", redete der Pfarrer dem Uhrmacher ins Gewissen, „aber das müsste auf der Stelle geschehen, denn die Zeit drängt."

Rainer Maringer freute sich über den Anruf seines Vaters. Als er davon hörte, dass sein Neffe Ludger offensichtlich herabgesetzt, ja zum Gespött gemacht werden sollte, war er ebenso schockiert wie die Familie. „Eigentlich hätte mich mein Herr Bruder selbst anrufen können. Aber solche Etikette ist nebensächlich. Sag mir, wie der Roman heißt und wer der Autor ist. Ich suche nach und melde mich."

Eine Stunde später klingelte das Telefon bei Maringer senior. Der Germanist hatte ganze Arbeit geleistet: „Frau Schütz von eurer Rathausbuchhandlung hat ermittelt, dass es eine deutsche Übersetzung des Romans von Nevil Shute als rororo-Taschenbuch unter der Nr. 780/1968 gibt. Der Titel lautet ‚Das letzte Ufer'. Ich habe für euch ein Exemplar bestellt. Ihr könnt es morgen, Dienstag, in der Buchhandlung abholen."

Schlagartig hatte sich die Situation des Prüflings verbessert. Diese Meinung vertraten alle, einschließlich Ludger, als sie abends zur zweiten Krisenkonferenz zusammenkamen. Auf dringenden Rat von Johannes Kittelmann wurde folgendes vereinbart: „1. Die Beteiligten, Ludger, seine Eltern, sein

Großvater und Pfarrer Kittelmann verpflichten sich zu absolutem Stillschweigen gegenüber Dritten über die Art und Weise von Ludgers Prüfungsvorbereitungen. – 2. Ludger gibt sein Wort, alle nichtschulischen privaten Aktivitäten zurückzustellen und sich voll auf die Prüfung zu konzentrieren. – 3. Gleichgültig, ob Ludger Erfolg hat oder nicht, auch nach der Prüfung bleibt es beim Stillschweigen gegenüber Dritten."

Ludger war voller Hoffnung, dass der deutsche Text gutes Lesefutter sein würde, sonst wäre der Titel wohl nicht in die Taschenbuchreihe aufgenommen worden. Und ihm war bewusst: Mit der Kenntnis des deutschen Textes sollte es nicht schwer sein, die geforderte Aufgabe zumindest zuversichtlich anzupacken.

Der Dienstagmorgen brachte in der Schule nichts Weltbewegendes, nur fiel Ludger auf, dass die Zahl der Punk-Mädchen zugenommen und auch die Klasse 10 b erreicht hatte. Zwei Klassenkameradinnen traten in schwarzer Kleidung, weiß geschminkten Gesichtern und grell bunten Haarfarben auf und behaupteten, aus der bürgerlichen Gesellschaft auszusteigen. Mit ihrer schockierenden äußeren Erscheinung strebten sie an – wie sie gehört und in ihr Vokabular aufgenommen hatten – die „Konventionen der Gesellschaft zu provozieren".

Dies gelang voll auf, und Eltern und Lehrer standen Kopf. Akustische Verstärkung hatten die jungen Weltveränderer durch ihre Walkmans, kleine tragbare, vom Netz unabhängige

Kassettenrekorder. Per Kopfhörer empfingen sie und auf Wunsch alle Interessierten in der Schule den Punkrock, zelebriert von den ‚Sex Pistols', aggressiv und für musikalisch geübte Ohren dilettantisch wirkende Rockmusik mit verzerrenden, rasend schnell gespielten Elektrogitarren-Soli.

Oberstudiendirektor Hans Merfels war der Meinung, Verbote und die Einführung einer ‚Kleiderordnung' wären eine Überreaktion und nicht zielführend. Der aus dem englischen Jugendarbeitslosen-Milieu stammende Punk, zu Deutsch ‚Abfall', würde sich von selbst erledigen. Man ließ die Punk-Mädchen links liegen, die sicherlich wussten, dass die Punker gegen Religion, Kirche und ihre Moralvorstellungen rebellierten. Allerdings bemühten sich die jungen Punker genauso, passable Noten heimzubringen wie die anderen in der Klasse, insofern also dachten sie wohl doch nicht daran, dem Establishment Lebewohl zu sagen. Und Susanne Dackel-Käferstein - von der Punker-Szene angewidert – präzisierte knallhart: „Wer oft genug ans Hohle klopft, der schenkt der Leere ein Geräusch."

Übrigens schienen die beiden bevorstehenden Englischprüfungen für die Klassenkameraden keine besonders große Rolle zu spielen. Jedenfalls fragte niemand nach Ludgers Aufgabenstellung, was diesem natürlich recht war. Lediglich Klassenspötter Erich Holzenthal beeilte sich, ohne die Schwere der Aufgabe zu kennen, Sprüche aus der untersten Geschmacksschublade loszuwerden: „Ludger, die Hoffnung stirbt zuletzt. Du hast keine Chance. Nutze sie!" Der Angesprochene hätte ihm am liebsten einen Tritt vors Schienbein verpasst.

Um kein Aufsehen zu erregen, hatte Mutter Maringer das Roman-Bändchen durch eine ‚unverdächtige' Freundin in der Rathausbuchhandlung holen lassen. Vater Maringer kam zum Mittagessen, als die anderen fertig waren. Er hatte Dienst im Geschäft. „Wir leisten uns keine Mittagspause. Wenn Betriebe und Behörden Mittag machen, können die Bediensteten bequem ihre Besorgungen erledigen, also auch zu uns kommen", lautete sein Profilierungs-Credo.

Nach dem Mittagessen wickelte Ludger im Eilverfahren seine Hausaufgaben für Mittwoch ab und wandte sich dem rororo-Bändchen mit dem deutschen Text zu. Eigentlich musste er Mölders doch dankbar sein, denn Mittwoch war der letzte Schultag der Woche. Donnerstag, der Feiertag Fronleichnam, und Freitag, einer der bei Jung und Alt beliebten ‚Brückentage'. Diese Sachlage schien wie geschaffen, das lange Wochenende für Kurzurlaube oder alle Arten anderer intensiven ‚Am-Stück-Unternehmungen' zu nutzen, idealerweise auch für eine Prüfungsvorbereitung.

Ludger war gepackt von der spannenden Romanhandlung. Es geht um einen Atomkrieg der Supermächte, der die nördliche Erdhalbkugel vernichtet hatte. Radioaktiv aufgeladene Wolken bewegen sich auf Australien zu, den einzigen noch unversehrten Erdteil. So unterschiedlich, wie die Menschen sind, so verhalten sie sich angesichts des drohenden Infernos. Zwischen Lebensgenuss und Prasserei, Fatalismus und Resignation, Umkehr und Frömmigkeit verlaufen die Lebensinhalte. Ludger musste unwillkürlich an den unvergessenen Deutschlehrer Caspers denken, bei dem die Klasse die Barockdichtung als gekennzeichnet durch die Pole Weltsucht und Weltflucht erlebt hatte. Schließlich war der Dreißigjährige Krieg in dieser Zeit auch eine Art Weltende-Situation.

Peter Holmes, australischer Marineoffizier, wird als Verbindungsmann auf das amerikanische U-Boot „Scorpion" geschickt, das in australischen Gewässern ankert. Holmes lädt den U-Boot-Kapitän Dwight Towers zu sich nach Hause ein, wo er Maria Davidson kennenlernt, eine Freundin von Holmes' Frau, die lebenslustig und sehr dem Alkohol zugetan ist. Die „Scorpion" macht eine Erkundungsfahrt in den atomar zerstörten Norden, findet aber dort kein Leben mehr. Bei der Rückkehr stellt Towers fest, dass Maria offenbar ihr Leben verändert hat, weil sie ihn liebt. Als sie aber erfährt, dass er verheiratet ist und zwei Kinder hat, hält sie Abstand zu ihm, um seine Ehe nicht zu zerstören.

Während Ludgers höchst anregender Lektüre schellte es an der Haustür. Er stutzte, denn es war nach 21 Uhr, und unangemeldete Besucher um diese Zeit kamen selten vorbei. Seppl Eichhorn, ‚Startrainer' des TuS Ostwaldstadt, kam in eiliger Mission. Ganz aufgeregt berichtete er von einer „Riesenchance", die darin bestand, dass der VfR Osterholz seine Jugendmannschaft plötzlich aus vereinsinternen Gründen nicht aufsteigen lassen wollte. Der VfR war Meister geworden und hatte sich für die zweithöchste Fußball-Jugendliga Deutschlands qualifiziert. „Jetzt haben wir die einmalige Gelegenheit, nächsten Sonntag, 11 Uhr, uns in einem Entscheidungsspiel mit der SG Hirtschaid-Mamelzen zu messen. Der Sieger steigt auf."

Eichhorn blickte Ludger flehentlich an: „Nun trommle ich die Mannschaft zusammen. Ludger, wir brauchen dich als Goalgetter. Bedingung ist aber, dass du morgen, Mittwoch, und Freitag zum Training erscheinst. Wir erarbeiten dann planmäßig das Konzept für den Kampf und üben überraschende Spielzüge ein." Ludger fühlte sich geehrt, dass der Trainer auf ihn baute, bemerkte aber plötzlich, dass die Mutter hinter ihm stand, und er wusste, es war ihr am liebsten, er würde Eichhorn absagen. Dem Fußballer war klar: Wenn er am Training nicht teilnimmt, aber doch aufgestellt wird, bekommt Seppl wütende Proteste seiner Spieler, ihrer Eltern und von Ersatzleuten, die auf der Bank sitzen oder nicht im Kader stehen. Dem Schüler stand ebenso klar vor Augen: Ein weiteres Großereignis zusätzlich zu seinem Prüfungsunternehmen „Das letzte Ufer" war nicht zu schaffen.

Und bei der Lektüre des Romans in deutscher Sprache hatte er das Gefühl: Ich bin in der Lage, den Inhalt in einfacher Sprache auf Englisch aufzuschreiben und vorzutragen. Quasi schienen im Flügel zu wachsen. Außerdem wollte er doch seine Familie und Pfarrer Kittelmann, die ihn rührend berieten und unterstützten, nicht enttäuschen. „Tut mir unendlich leid, Herr Eichhorn. Aber die Schule geht vor", lautete seine rasche, aber wohlüberlegte

Entscheidung. „Meine Mutter erklärt ihnen kurz den Hintergrund. Ich muss wieder zur Arbeit."

Ilse und Eichhorn verließen den Raum. Echte Tragik, hätte der schmerzlich vermisste Deutschlehrer Caspers kommentiert. Gleichgültig, wie die Entscheidung ausfällt, sie wird für Ludger und andere Beteiligte schmerzvoll sein. Es klopfte an seine Tür. Die Mutter trat ein und umarmte ihren Sohn: „Du hast dich richtig entschieden. Wir sind stolz auf dich."

Die Romanlektüre schritt munter fort, und für den eigentlich zum Lesen ‚verdammten' Schüler stand fest: „Das letzte Ufer" würde ihm sein Leben lang in Erinnerung bleiben. Kapitän Towers hat inzwischen mit seinem U-Boot eine zweite Expedition unternommen mit ebenso erschütternden Impressionen wie bei der ersten Erkundungsfahrt. Maria Davidson hat zum Zeichen ihres geänderten Lebenswandels einen Schreibmaschinenkurs absolviert. Voll Schmerz sieht sie, wie ihr inzwischen zum US-Admiral beförderter Geliebter – die amerikanische Admiralität lebt nicht mehr – Geschenke für seine Kinder kauft, weil er von der trügerischen Hoffnung erfüllt ist, in die USA zurückzukehren.

Die Zahl der Toten wächst täglich, da mehr und mehr radioaktive Wolken diesen Teil Australiens erreichen. Peter Holmes gibt seiner Frau und seiner Tochter, die auch schon erkrankt sind, Tabletten, die einen schmerzfreien Tod ermöglichen. Dann schluckt er ebenfalls die Todesmedizin. Kommandant Towers, der inzwischen jegliche Zukunftshoffnung verloren hat, fährt mit einigen Crew-Mitgliedern sein U-Boot wenige Meilen vor die Küste und versenkt es. So sterben er und seine Leute den Seemannstod. Maria Davidson steht an der Küste und erlebt alptraumartig das grauenhafte Geschehen. Sie greift nach den lebenstötenden Tabletten und stirbt in derselben Minute wie ihr amerikanischer Freund und seine Getreuen.

Überaus hilfreich für Ludger war der Klappentext des rororo-Bändchens, wie bei Taschenbüchern üblich, hinter dem vorderen Umschlag positioniert. Hier erfuhr er neben dem Romanhintergrund Wissenswertes über Autor und Werk: Nevil Shute, geboren 1899, studierte in Oxford, war Luftschiff- und danach Flugzeugingenieur. Im Zweiten Weltkrieg beschäftigte er sich mit Forschungsaufträgen der britischen Admiralität. Nach dem Krieg siedelte er nach Australien über und wurde überaus erfolgreicher Romanschriftsteller. „In the Beach" wurde in Hollywood mit weltbekannten Schauspielern verfilmt: Gregory Peck, Ava Gardner und Fred Astaire. Shute starb 1960 in Melbourne.

Tief in der Nacht ging das Licht in Ludger Maringers Zimmer aus. Aufgewühlt von der schrecklichen Atomkatastrophe und dem Tod aller Hauptfiguren des Romans, war der Schüler überzeugt, einen bedeutenden Teil des von Mölders diktierten Pensums schon geschafft zu haben: Er kannte den kompletten Inhalt des Romans und konnte ab Mittwoch daran gehen, mit Hilfe des Wörterbuches Deutsch-Englisch sich einen Text zusammenzubauen.

Um Abstand vom aufregenden Buchtext zu gewinnen, schaltete er im Radio sein abendliches Lieblingsprogramm an, nämlich „Musik liegt in der Luft" bei HR 4 vom Hessischen Rundfunk, wo es bis Mitternacht, nur von Nachrichten zu jeder vollen Stunde unterbrochen, ein Musikprogramm zum Entspannen gibt, das nicht von oft kumpelhaften, meist geschwätzigen Moderatoren unterbrochen wird. Besitzerstolz erfüllte den jungen Mann jedesmal, wenn er sein mächtiges Wunderwerk auf dem Nachttisch ansah, den schweren schwarzen Grundig-Satellit-Weltempfänger 650 mit seiner 1,40 m langen Antenne, drei beleuchteten Skalen, 60 Stationsspeichern, einer Unmenge von Schaltern, Drehknöpfen, Tasten, Buchsen und Klemmen. Ein Teil des Kaufpreises hatte Ludger sich mit Arbeiten für Ladengeschäft und Werkstatt verdient, den Löwenanteil stockten Eltern und Großvater auf, sodass das ersehnte Wertstück letzte Weihnachten unter dem Christbaum stand.

Einige Minuten Nachtmusik von seinem Leib-und-Marken-Radiosender genügten, um Abstand zu gewinnen vom aufregenden Tagesgeschehen. Plötzlich fiel dem zurückhaltenden, sensiblen Schüler wieder das quicklebendige Mädchen Yvonne ein, zu dem er sich gemäß der Volksweisheit ‚Gegensätze ziehen sich an' hingezogen fühlte. Ob sie schon einen Freund hatte? Vielleicht einen jener Tennisspieler, mit denen sie kürzlich in einem Sportwagen wegfuhr? Ludger nahm sich vor, sobald er vom Schuljahres-Endspurt befreit war, sie einfach einmal einzuladen zu einem Eis, einer Pizza Margarita oder sogar zum Besuch des ganz aktuellen Kinovergnügens

„Otto, der neue Film", den selbst ausgewiesene Cineasten unter den Sportkameraden als äußerst gelungen bezeichnete hatten. Unter solch verheißungsvoller Gemütsstimmung schlief er ein.

14. Ludgers Idee einer Schüler-Demo/Arbeit für das „Letzte Ufer"

Für Ludger standen für diesen Mittwoch nur ‚angenehme Fächer' auf dem Stundenplan. Englisch wird wegen des langen Wochenendes erst wieder am Montag kommender Woche stattfinden, dann allerdings als „Alles-oder-nichts-Veranstaltung" für die beiden Prüflinge. Zum Highlight für die ganze Klasse entpuppte sich erneut die Sozialkundestunde. Das Thema ‚Wirtschaft' interessierte jede und jeden aus der Klasse 10 b, und speziell die Probleme des Einzelhandels lagen auf der Hand, wie etwa Ladenschließungen wegen des Jahr für Jahr stärkeren Konzentrationsprozesses.

Frau Dackel-Käferstein erarbeitete mit der 10 b die umfangreichen Leistungen des Einzelhandels von der Lagerhaltung und Sortimentsbindung über Werbung und beratungsintensiven Verkauf bis zu Marktforschung, Kalkulation und Vorfinanzierung. Neu für viele in der Klasse waren rechtliche Regelungen wie Raumordnung und Landesplanung, Ladenschluss und Gesetz gegen den unlauteren Wettbewerb.

Ludger, ohnehin in guter psychischer Verfassung nach der Romanlektüre, beschlich das Gefühl, dass ebenso wie das elterliche Unternehmen auch andere Einzelhändler und Fachhandwerker Schwierigkeiten hatten zu überleben. Also hielt er es doch für höchste Zeit, auf die Besonderheiten und das Leistungsspektrum der ‚Kleinen' aufmerksam zu machen. Am Schluss der letzten Sozi-Stunde war ihm durch den Kopf gegangen: Man könnte doch über die Schüler seiner Klasse die Öffentlichkeit auf die Leistungen kleiner Betriebe aufmerksam machen. Dass er dabei auch an Werbevorteile für das elterliche Uhren/Schmuck-Unternehmen dachte, lag auf der Hand. Jetzt fiel ihm wieder ein Slogan ein, den er schon öfter überdacht, für nützlich befunden, aber wieder verworfen hatte: „Lasst die Kleinen leben!"

„Darf ich einen Vorschlag machen?" schaltete sich der junge Maringer höflich in die Diskussion der Klasse ein. Es ging gerade darum, dass das Fachgeschäftssterben in Stadt und Land eher geräuschlos vor sich geht und in der Öffentlichkeit wenig beachtet wird. Höchstens die Schließung des einzigen Lebensmittelgeschäfts in einem Dorf war dem „Ostwaldstädter Echo" eine Reportage wert. Das Betreiber-Ehepaar wurde vorgestellt, das in den Ruhestand geht und keinen Nachfolger findet, garniert mit einem Nostalgiefoto, auf dem sich die stolze Ladenmannschaft vor fünfzig Jahren präsentiert. Sie hat sich vor der Verkaufstheke postiert, im Hintergrund Regale mit Waren und Werbeschildern aus Blech.

„Könnten wir nicht am letzten Samstagmorgen vor den Sommerferien, wenn die Stadt wegen des traditionellen Johannismarktes brechend voll ist, vor dem Rathaus eine kleine Demonstration veranstalten, um unter dem Titel ‚Lasst die Kleinen leben!' für Facheinzelhandel und Fachhandwerk werben?" fasste sich Ludger ein Herz. „Der Slogan ist nicht zielführend", kritisierte Klassen-Ideologe Arno Scholz. „Er erweckt Mitleid, und man denkt unwillkürlich an kleine Kinder oder Tiere, denen niemand etwas zuleide tun darf." – „Du hast vollkommen Recht", verteidigte sich Ludger. „Der Spruch darf nicht allein stehen, sondern muss mit Argumenten unterfüttert werden."

„Ich bin erstaunt über euer Engagement und eure Diskussionskultur", übernahm Frau Dackel-Käferstein wieder die Regie. „Wer hat denn Ideen, was man an den Slogan dranhängen könnte, damit das Publikum gedanklich mitzieht und zustimmt?" Überraschenderweise kamen Vorschläge wie aus der Pistole: „Weil der Kauf im Ort praktischer ist." – „Denn hier erhält man guten Service." – „Auch kleine Betriebe zahlen Steuern." Es gab breite Zustimmung, dass die Klasse 10 b eine Kundgebung startet.

„Herrschaften, euer Elan ist lobenswert. Ich hätte nichts gegen einen öffentlichen Auftritt von euch", bremste die Lehrerin die Euphorie. „Nur müssen klare rechtliche Regeln eingehalten werden, und es ist eine Menge Vorarbeit zu leisten. Auch für mich ist eine solche Veranstaltung Neuland", holte die

Sozialkundelehrerin ihre diskussionsfreudigen Zehntklässler auf den Boden der Tatsachen zurück. „Aber meine Unterstützung habt ihr." Beifall und Klopfen gab es nicht nur bei jenen Schülerinnen und Schülern, die aus einem mittelständischen Elternhaus kamen, sondern auch von fast allen anderen. „Ich will euch also einmal darüber informieren, was zu tun ist, um ein Projekt wie dieses zu stemmen", skizzierte die Lehrerin das Prozedere:

„Ihr braucht einen volljährigen Erwachsenen, der die Veranstaltung für das Projekt ‚Lasst die Kleinen leben'!" übernimmt. Wenn ihr einverstanden seid, bin ich gerne bereit, die Sache zu leiten. Jeder von euch, der sich beteiligt – niemand kann dazu gezwungen werden – verpflichtet sich, dass er oder sie den Anordnungen der Demonstrations-Leitung Folge leistet. Wisst ihr überhaupt, was eine Demonstration ist?" Es kamen Antworten wie: „Protestversammlung gegen Windräder", „Kundgebung für Solarenergie", „Politische Versammlung", „Streik oder Boykott", „Lichterkette", „Schwarze Schaufenster".

„Alles richtig, auch der letzte Titel, den Erich Holzenthal beigesteuert hat", urteilte die Lehrerin. „Eine solche Aktion könnte aber nur eine Händlergemeinschaft arrangieren. Das wäre von uns wohl nicht zu schaffen. Aber wir sollten diese Art des stummen Protests im Auge behalten. Sie ist nur dann sinnvoll, wenn sich die meisten Geschäfte daran beteiligen."

Sybille Schmitz bekam die Aufgabe, in der Schulbibliothek nach Begriffsbedeutungen für ‚Demonstration' zu suchen. Nach fünf Minuten kam sie zurück: „Allgemein bedeutet das Wort ‚Beweisführung, Darlegung'. Für uns ist der politische Begriff Thema. Gemeint ist eine öffentliche Kundgebung, in totalitären Staaten als Beweihräucherung des Systems, in Demokratien häufig als Protest gegen Regierungen und Verwaltungen. In demokratischen Staaten sind friedliche Demonstrationen durch die Grundrechte der Meinungsfreiheit und Versammlungsfreiheit gesichert, zugleich aber auch beschnitten. Kommt es zu Störungen der öffentlichen Ordnung, schreitet die Polizei ein. Ereignen sich Gewalttätigkeiten gegenüber Personen oder Sachen, z.B. Schaufensterzertrümmerungen, machen sich die Demonstranten wegen Landfriedensbruch strafbar."

„Sehr gut recherchiert", lobte die Studienrätin und ergänzte, dass eine Demonstration unter freiem Himmel spätestens 48 Stunden vor ihrer Bekanntgabe bei der Ordnungsbehörde angemeldet sein muss. So hatte die 10 b genügend Grundlagen, um sich dem Vorhaben inhaltlich zu nähern. Man kam überein, was Ludger besonders freute, die Aktion so zu nennen „Lasst die Kleinen leben! Facheinzelhandel und Fachhandwerk am Ort nutzen allen."

Frau Dackel-Käferstein skizzierte die nun folgende Vorgangsweise: „Nächsten Mittwoch ist die letzte Sozi-Stunde des Schuljahres. Bis dahin habt ihr Vorschläge parat für Slogans, Kurztexte zum Vortrag für rednerisch Begabte unter euch, außerdem fragt ihr in Schreinereien nach Holzlatten und in Tapetenläden nach Abfall für Spruchbänder und Schautafeln. Ihr habt meine Telefonnummer. Wenn ich zu Hause bin, stehe ich euch für Rat und Tat zur Seite, natürlich nur zu normalen Tageszeiten. Schön wäre es, wenn ihr kleine Arbeitsgruppen bildet, z.B. für den inhaltlichen und für den technischen Bereich. Ich selbst werde bei unserem Schulleiter eine Genehmigung einholen, anschließend unser Vorhaben beim Ordnungsamt anmelden, die Polizei für alle Fälle informieren, ebenso unsere Heimatzeitung und sogar unseren Landesrundfunksender.

In die Klasse kam Bewegung und Erstaunen. „Ich vergehe fast vor Spannung und Vorfreude", konnte Bruno Müller seine Aufregung kaum bremsen, und anderen ging es ähnlich. Ludger hatte diese Schulstunde glänzend von seiner ‚Englisch-Demonstration' abgelenkt. Am Nachmittag sollte das Übersetzungs-Szenario „Inhaltsangabe auf Englisch" laufen. Beim Mittagessen versprach die Mutter ihrem Sohn, den Rücken freizuhalten, damit es nicht noch einmal zu einem Auftritt kommt wie tags zuvor, als Seppl Eichhorn Ludger zum Fußball-Qualifikationsspiel einberufen wollte: „Wer dich am Telefon, an der Haustür oder im Laden sprechen will, der bekommt die freundliche Standardantwort: ‚Ludger ist aus wichtigem Anlass diese Woche für niemanden zu sprechen'. Das komplette Prüfungs-Kartenhaus könnte einstürzen, wenn einer der Freunde davon Kenntnis bekäme, auf welche Art und Weise sich der versetzungsgefährdete Schüler auf seine Sonderprüfung vorbereitet."

„Käme der schlaue Plan dem Englischlehrer zu Ohren, würde dieser sicher von einem Täuschungsversuch sprechen", setzte der Vater den Gedankengang fort. So stieße zu seiner Boshaftigkeit, eine schier unlösbare Aufgabe gestellt zu haben, noch die Genugtuung, dem Schüler auch aus moralischen Gründen die Versetzung zu verwehren."

Nicht anwesend bei diesem Gespräch war Ludgers Schwester Evchen. Die Zwölfjährige, die gleich nach der Schule zu einer Freundin gefahren war, wo sie bis zum Feiertagabend bleiben durfte, war nur grob informiert worden: Ihr Bruder sollte eine Sonderarbeit im Fach Englisch über das lange Wochenende erledigen und sich voll darauf konzentrieren, durfte also nicht gestört werden. Die näheren Umstände von Ludgers Prüfungsvorbereitung blieben Eva verborgen. „Wir können nicht ausschließen, dass sie jetzt oder später etwas weitererzählt und Ludger in Schwierigkeiten kommt", hatte Familienratgeber Kittelmann den Maringers ans Herz gelegt, und man folgte seinem Vorschlag.

Als der Mittagstisch abgeräumt war, hörte Ludger nebenbei aus den Radionachrichten, dass ein Sonderparteitag der SPD Willy Brandt zum Ehrenvorsitzenden auf Lebenszeit ernannt hatte. Dieses Amt gab es bisher nicht und wurde eigens für den ehemaligen Bundeskanzler geschaffen. In Ludgers Klasse hatte Brandt viele Anhänger, die seinen Einsatz um die Aussöhnung mit unseren Nachbarstaaten jenseits des Eisernen Vorhangs lobten. Die 10 b war sensibilisiert für aktuelle politische

Ereignisse, weil diese alle eine Vorgeschichte hatten und für die Zukunft wegweisend sein können. Spontan kam Ludger der Gedanke: „Ist der Eiserne Vorhang heute, 1987, nicht längst abbruchreif? Aber weg mit solchen Überlegungen und hin zum Tagesgeschäft!"

Ludgers Arbeitsstätte war die idyllische grüne Oase hinter dem Geschäfts- und Wohnhaus. Den Lärm der Fußgängerzone bremste die geschlossene Häuserfront. Einige Strahlen der Mittagssonne verirrten sich auf dem kleinen Rasenstück, ehe eine dicke Wolkenwand dem Lichtspiel ein Ende machte. Ludgers Blick ging hinüber zum Mini-Teich, wo er als kleiner Junge seine Segelschiffchen aufs Wasser gesetzt und sie auf Reisen geschickt hatte, wobei ein Stock für den zünftigen Wellengang zuständig war.

Mit einem Wörterbuch bewaffnet, begann der Inhaltsangaben-Autor seine Tätigkeit, wobei ihm ein Teakholz-Deckstuhl zugleich als Ruhe- und Kreativstätte diente. „I present the roman ‚On the Beach' from Nevil Shute", begann er und wunderte sich, dass ihm das Texten mühevoll, aber „zielorientiert" – wie sein ‚Mentor' Caspers gesagt hätte – von der Hand ging. Zum Glück hatte er sich schon nach der Lektüre des deutschen Textes eine Grobgliederung angefertigt, die jetzt dafür sorgte, dass er zügig vorankam und sich nicht bei Nebensächlichkeiten aufhielt. „First some informations about the author. Nevil Shute was born on January 17th 1899. He studied at Oxford and he became engineer for aviation. In the second world war, he made researches for die British government. After the war he went to Australia, where he began to write some successful romans…"

Am Mitwochabend 'stand' die Inhaltsangabe, eine kleingeschriebene Dreiviertelseite auf einem Rechenkästchenblatt. Nach dem Abendessen las Ludger laut mehrmals den Text. Noch ein Blick in die Radio/Fernseh-Programmzeitschrift wegen Antwort auf die Frage: Wer überträgt wann das Endspiel um den DFB-Pokal? Ein großes Farbfoto fesselte Ludger Maringer. Goliath und David stehen sich gegenüber:

Ein Kuckuck ist offenbar in das Revier eines Schwarzkehlchens eingebrochen. Letzteres wiegt bloß 15 Gramm, der langschwänzige Zugvogel, der seinen Nachwuchs gerne als Brutparasit in Singvogelnester legt, zehnmal so viel. Der Fotograf berichtet, das Singvögelchen sei wie eine Rakete angeschossen gekommen. Mit weit aufgerissenem Schnabel ließ es eine Schimpfkanonade vom Stapel. Der scheinbar übermächtige Kuckuck habe erschrocken und panikartig die Flucht ergriffen.

„Da kann man sehr schön sehen, dass sich die Gegenwehr der Kleinen gegen die Großen und vermeintlich Übermächtigen lohnen kann", resümierte der Junge, der sich die Seite mit dem Foto herausriss und die Quelle an den Rand schrieb. „Ich kann Foto und Text für eine Dokumentation über die Facetten des Themas ‚Lasst die Kleinen leben!' gut verwenden. Der Slogan hat also auch für das Tierreich seine Berechtigung."

15. Nasenbluten durch den Stress/Die Firma von Yvonnes Vater

Der Donnerstagmorgen begann aufregend. Ludger litt unter Nasenbluten, und zwar so stark wie nie zuvor. Verletzt hatte er sich nicht. Gab es vielleicht seelische Gründe? Hatte sich der Schüler in der Prüfungsvorbereitung übernommen? Zwei Wattebäusche in die Nasenflügel, griff die Mutter zu einem alten Hausmittel. Es half nicht. Der Hausarzt war wegen Feiertag Fronleichnam nicht zu erreichen. Vater Hanno fiel Dr. Melchior ein, der Vereinsarzt des TuS Ostwaldstadt. Per Telefon kam der Rat: „Hinlegen, beide Nasenflügel fest zudrücken. Aufkommendes Blut tapfer hinunterschlucken. Nach wenigen Minuten hört die Blutung auf. Anschließend Blutdruck messen. Ist er normal oder nur leicht erhöht, besteht kein Grund zur Sorge. Der Patient setzt sich anschließend aufrecht und ruhig auf einen Stuhl. Tief atmen!"

Ludger folgte den Anweisungen. Wie ein Klumpen wirkte das verdickte Blut beim Hinunterschlucken. Der Blutdruck war nur leicht erhöht. „Unser Sohn hat Stress. Also keine Hektik, keine Aufregung", versuchte der Vater die Situation zu entschärfen, was ihm allerdings nicht gelang. „Die Übersetzung und Inhaltsangabe des Romans war Knochenarbeit für dich. Jetzt kommt die ‚Kür'", meinte Onkel Rainer. Dass er sich telefonisch nach Ludgers Marschplan und dessen bisherige Umsetzung erkundigte, nahm die Mutter freudig entgegen.

Offensichtlich schien des Großvaters Initiative, den Pädagogen um Hilfe zu bitten, nicht nur goldrichtig zu sein, sondern wirkte augenscheinlich auch noch als Eisbrecher zwischen den auseinandergetrifteten Familien der Maringer-Brüder. „Wir sind dir so dankbar für deine Idee, auf eine deutsche Romanausgabe zu tippen und diese auch noch ausfindig machen zu lassen", sprudelte es aus Ilse heraus.

Doch der Schwager wehrte ab: „Freut euch nicht zu früh und wartet die Englisch-Stunde ab. Etwas anderes: Ich verfüge nur noch über Reste meines Schul-Englischs", bedauerte der Germanist und Historiker, „aber Ludger soll mir doch mal seinen vorbereiteten Text vorlesen." Dies geschah, und der Onkel sparte nicht mit Anerkennung: „Mancher Engländer hätte das nicht besser gemacht. Ich bin zuversichtlich. Du wirst deinen Englischlehrer beeindrucken."

Ludger setzte seine Vortragsübung fort und bemühte sich, immer weniger auf sein Textblatt zu schauen. Selbst die Aussprache ungewöhnlicher Wörter gelang ihm immer besser: „I speak about disaster in the this roman. An atomic war has destroyed the northern hemisphere. The radio-active cloouds draw to Australia, which is undestroyed, while the other parts of the world are contaminated…" Um die Mittagszeit bedeutete kurze Lektüre der Tageszeitung vom Vortag willkommene Abwechslung.

Dabei fiel Ludger eine Reportage über Firma „Trend Bau Schmidtbauer & Co.KG Ostwaldstadt" auf. Als Mitinhaber und Geschäftsführer grüßte Horst Schmidtbauer. Die Adresse war Ludger bekannt. Auch der Familienname. Kein Zweifel, es ging um den Vater von Yvonne. Noch aufregender war für den jungen Maringer das Geschäftsfeld der ‚Trend-Bau-Leute': Der Firmenchef war Architekt und baute fast im gesamten Bundesgebiet großflächige Verbrauchermärkte, die er an Discounter vermietete.

Waren die Großvertreiber nicht die schärfsten Konkurrenten des Facheinzelhandels, also auch des elterlichen Juwelier-Unternehmens? Musste nicht allein schon deshalb sein Interesse an dem bildhübschen Mädchen erlöschen? Aber er war nun wirklich nicht mit Yvonne liiert und verdrängte den Gedanken an sie und die Firma ihres Vaters.

Nachmittags gab es erneut zwei Nasenbluten-Attacken. Ludger wusste sich jetzt zu helfen. Jeweils nach wenigen Minuten war der Spuk vorüber. Ansonsten sprach der Prüfling seinen Text, bemerkte dabei aber, dass er in die Gefahr geriet, das auswendig zu Lernende aalglatt herunterzubeten. Also nahm er sich vor, langsam aber dennoch zügig zu sprechen und ab und zu winzige Staupausen einzulegen, quasi um zu demonstrieren, dass er den Inhalt ganz frisch und live darbietet. Abends im Bett lag er noch lange wach.

Nur noch drei Tage bis zum ‚Examen', ging ihm durch den Kopf, und auch sein Lieblings-Radioprogramm vermochte ihn nicht zu beruhigen. Als Ludger den Weltempfänger ausgeschaltet hatte, hörte er die Flugzeuge in der Luft. Ostwaldstadt lag offenbar mitten in einem besonders stark frequentierten Luftkorridor. Ruhiges Brummen erscholl aus großer Höhe, wenn die Maschinen vom weiter entfernten Frankfurter Rhein-Main-Flughafen gestartet oder dorthin unterwegs waren. Aufgeregtes Dröhnen erscholl, wenn die Flugzeuge vom nahen Köln/Bonner Airport abgehoben hatten und im Steigflug Höhe gewannen. Dagegen wirkten die Riesenvögel scheinbar rücksichtsvoll und betont leise, wenn sie im Sinkflug dem nordrhein-westfälischen Ziel entgegen schwebten.

Nachts quälte wieder ein fürchterlicher Albtraum den Jungen. Die Prüfung begann mit den Worten von Dr. Mölders: „Die Inhaltsangabe des Romans ersparen wir uns. Beantworte mir stattdessen einige Fragen." Da glaubte der Träumer in ein tiefes Loch zu fallen und sah ein schreckliches Ende und das „Nicht bestanden" wie eine Dampfwalze auf sich zurollen, so dass er aufwachte und am ganzen Leib zitterte. Um wieder einzuschlafen, verfiel er auf einen Trick: Er konzentrierte sich auf seine Jugend-Mannschaftskameraden, die am nächsten Tag ihr letztes Training abhalten würden, um am Sonntag die Qualifikation für die 2. Jugend-Bundesliga zu absolvieren, und zwar ohne ihn. Er hoffte inständig, dass sie den Sieg davontragen würden.

16. Yvonne lädt zur Party ein/Ohrlochstechen und die Aids-Aufklärung

Den Freitagmorgen verbrachte Ludger damit, das Taschenbuch mit dem ins Deutsche übersetzten Text noch einmal zu lesen, um möglichst viele Details an der Hand zu haben. Denn es war denkbar, dass sich Mölders als ‚Kleinigkeitskrämer' entpuppen und Geschehnisse am Rande der Haupthandlung abfragen würde. Eine Verkäuferin aus dem Geschäft unterbrach Ludgers Lesestunde und brachte einen Brief, den gerade eine junge Dame im Laden abgegeben hatte. Der Junge blickte überrascht auf, nahm das Kuvert an sich, während sich die Verkäuferin mit vielsagender Miene zurückzog, als ob sie wisse, als Überbringerin einer Liebesbotschaft eingesetzt worden zu sein.

Auf dem rosa Umschlag stand formvollendet in Tinte geschrieben „Ludger Maringer". Der Empfänger errötete, als er den Briefbogen aufgefaltet hatte, und las: „Lieber Ludger, Du bist sicher erstaunt, dass ich Dir schreibe. Ich möchte Dich zu meinem 15. Geburtstag am 1. Juli zu mir nach Hause einladen. Meine Freundinnen und ich sind gespannt, Dich näher kennenzulernen. Gib mir bitte Nachricht, ob Du Zeit und Lust hast zu kommen. Yvonne."

Der Angesprochene war sprachlos, ärgerte sich dann aber über seine Zurückhaltung und Ängstlichkeit: „Dieses Biest! Verfolgt mich bis in meine Träume, und ich Esel bin zu blöde, mit ihr ein paar freundliche Worte zu wechseln. Jetzt ist sie mir zuvorgekommen. Ein Blick auf seinen Kalender signalisierte: Grünes Licht, Zeit hätte er am 1. Juli. Er nahm sich vor, das Mädchen nach seinem Examen bei Mölders in der Schule anzusprechen. Etwas erschien ihm rätselhaft. Die Damen wollten ‚IHN' näher kennenlernen. War er etwa der einzige Junge, der eingeladen war, also der Hahn im Korb? Das konnte ja heiter werden. Aber auch einer solchen Situation wäre er ganz sicher gewachsen.

Eine zweite Störung unterbrach Ludgers Lektüre: Die Mutter erschien auf der kleinen Terrasse: „Dein Klassenkamerad Arno Scholz ist da. Es geht um die Demonstration Samstag in acht Tagen, von der du uns erzählt hast." – „Ich lasse bitten", erklärte der Frischluft-Studiosus gönnerhaft und versteckte schnell das rororo-Bändchen unter Papierkram auf seinem Schreibtisch. Sein spitzbübisches Lächeln verriet Ilse Maringer, ihr Sohn war in guter Verfassung. Warum sollte er nicht nebenbei auch noch anderen Dingen nachgehen als dem „Letzten Ufer"?

„Du musst morgen Vormittag dabei sein. Wir treffen uns mit der Dackelin auf dem Rathausplatz und legen unseren optimalen Standort fest", fiel der Schulfreund gleich mit der Tür ins Haus, ohne sich bei Ludger zu erkundigen, wie er sich so kurz vor der Prüfung bei Mölders fühle und wie weit er mit seinem Pensum fortgeschritten sei. „Außerdem teilt die Chefin uns den neuesten Sachstand mit, ebenso informieren die Bereiche ‚Slogans' und

‚Technik'. Ich habe dich als Moderator vorgesehen. Schließlich verdanken wir dir den Spruch ‚Lasst die Kleinen leben!'"

Ludger fühlte sich geehrt und versprach, sich zwei Stunden Zeit zu nehmen, worauf Arno Scholz freudestrahlend wieder abzog, nicht ohne Ludger weiter eine gute Vorbereitung auf die Prüfung zu wünschen. Dieser hatte es absichtlich vermieden, dem Klassenkameraden die Inhaltsangabe oder auch nur einen Teil davon vorzutragen. Denn der hätte vielleicht schon im Vorfeld bei anderen Mitschülern ‚Reklame gemacht' wegen Ludgers glänzender Prüfungskenntnisse, und Mölders wäre womöglich hellhörig geworden.

Hanno Maringer hatte seinen Kindern nach dem Vorfall mit dem Sparkassenbrief versprochen, sie in wichtige Vorgänge um das Juweliergeschäft einzuweihen, damit sie mitdenken können und vorinformiert sind, wenn Neuerungen bevorstehen. 1987 war eines der Jahre, in denen die Angst, sich an Aids anzustecken, hysterische Züge annahm. Daher hatte die Bundeszentrale für gesundheitliche Aufklärung ein Faltblatt zur Aidsaufklärung erstellt, das millionenfach, vor allem in Schulen, verteilt wurde. Ludger und Eva hatten Exemplare am Mittwoch vor Fronleichnam bekommen und nach Hause gebracht. Der Vater fand erst Freitag Zeit, den Prospekt durchzulesen, und war sofort elektrisiert. Nach dem Abendessen gab es eine kleine Konferenz. Der Goldschmiedemeister las aus dem Bonner Experten-Text vor:

„Da das Aids-Virus außerhalb des Körpers leicht zerstört wird, reichen die üblichen Desinfektions- und Hygienemaßnahmen bei Friseuren und Kosmetikern, bei Maniküre und Fußpflege, beim Durchstechen der Ohrläppchen und bei der Akupunktur aus, um eine Ansteckung praktisch auszuschließen." – Ohrlochstechen sei aber für den eigenen Betrieb eine bedeutsame Serviceleistung, gab der Vater zu bedenken und zeigte sich über den Aids-Informationstext nicht glücklich: „Durch das Faltblatt, speziell wegen der Erwähnung des Ohrlochstechens, könnten die Kunden verängstigt oder sogar abgeschreckt werden. Also müssen wir gegensteuern."

Bereits samstags prangte in der Auslage unübersehbar auf einem Aufsteller der Hinweis: „Ohrlochstechen bei uns ausschließlich mit sterilen Einwegprodukten. Ihre Gesundheit ist uns wichtig. Das Team von Juwelier Maringer." Und Ludger merkte sich: Wenn Verbraucher verunsichert werden und Umsatzeinbußen drohen, muss ein Facheinzelhändler/Fachhandwerker sofort reagieren, sofern er überzeugende Argumente besitzt.

17. Die Demo in Arbeit und das Date mit Yvonne

Als Ludger am Samstagmorgen zum vereinbarten Zehn-Uhr-Termin von der Fußgängerzone auf den Rathausplatz einbog, sah er schon von weitem etliche Schülerinnen und Schüler seiner 10 b in voller Aktion. Mit Bandmaß und Zollstöcken bewaffnet, maßen Marietta Kröber und Bruno Müller den Platz vor dem Rathauskeller aus, den die Aktivisten als aufmerksamkeitsstärksten Ort außerkoren hatten. Hier konnten Transparente aufgestellt oder hochgehalten werden, ohne Schaufenster oder sonstige Werbeflächen zu beeinträchtigen. Sybille Schmitz und Paul Hütte von der Abteilung ‚Technik' berichteten, das Tapetenhaus Krings habe dankenswerterweise etliche Meter an Resten spendiert, und Malermeister Ploch stelle Farben und Pinsel zur Verfügung.

Jetzt kam die Abteilung ‚Texte' an die Reihe. Deren Chef Arno Scholz nahm Vorschläge für zugkräftige Slogans entgegen und notierte sie. In der Sozialkundestunde am Mittwoch nächster Woche sollten die besten davon ausgewählt und bis zur Demo Samstag in acht Tagen ‚auf Papier gebracht' werden. „Bitte denkt daran", mahnte die inzwischen hinzugekommene Frau Dackel-Käferstein, „wir dürfen weder Werbung für bestimmte Geschäfte oder Handwerksbetriebe machen, noch andere Vertriebsformen kritisieren oder gar diskriminieren. Dies wäre unlauterer Wettbewerb, der juristisch verfolgt werden kann. Im übrigen läuft das Organisatorische wie geplant. Aber darüber gibt's Näheres am Mittwoch in der Schule."

Der Vorschlag von Arno Scholz, Ludger Maringer als Initiator der Veranstaltung auch zum Sprecher zu wählen, der mehrfach in Kurztexten das zu erwartende Publikum auf Hintergrund und Ziel der Schau einstimmen sollte, fand einhellige Zustimmung. Ludger dankte und versprach, sich von Montag nach seinem Englisch-Vortrag bis Mittwoch textlich vorzubereiten. „Der Juniorchef von Elektro Pehl hat sich bereit erklärt, uns mit einer Mikrophon- und Übertragungsanlage zu unterstützen", wusste Ansgar Gerhards zu berichten.

Alles in allem: Die Weichen für eine überzeugende Darbietung waren gestellt. Die Sozialkundelehrerin meinte abschließend: „Fünf bis sechs Transparente von je mehreren Meter Breite reichen aus. Sie müssen nebeneinander aufgestellt werden, damit sie allesamt zugleich sichtbar sind, die Passanten sie aber auch einzeln betrachten können. Also Glück auf und gutes Gelingen für uns alle und für die gute Sache, die wir vertreten."

Schon seit einigen Minuten hatte Ludger Yvonne Schmidtbauer gesehen, die in einiger Entfernung neugierig das geschäftige Treiben vor dem Ratskeller beobachtet, sicherlich auch Ludger erkannt hatte. Dieser wagte nicht, aus dem Kreis der Demo-Leute auszuscheren. Als aber offiziell Schluss war, ging er schnurstracks in Richtung zu dem Mädchen. Sein Herz schlug bis zum Halse, denn jetzt galt es, die Scharte auszuwetzen und in die Offensive zu gehen. Beim Näherkommen sah er, dass sie ein hinreißendes gelbes Minikleidchen trug und sich in Anmut und Liebreiz von niemandem in Ostwaldstadt zu verstecken brauchte.

„Hallo, Yvonne!", sprach er sie voll Freude an, „schön, dich hier zu treffen. Vielen Dank für deinen lieben Brief und die Einladung." – „Dann kommst du?" fragte sie, obwohl sie an seinen Augen ablas, dass er zusagen würde. „Aber gern, hast du ein paar Minuten Zeit? Ich lade dich zu einem Eis ein."

Sie schaute auf die Uhr. Es war halb zwölf, um halb eins musste sie zum Mittagessen zu Hause sein. Also nahm sie Ludgers Einladung an. Beim Italiener im ‚Capri' gab es eine lockere Unterhaltung. „Wen hast du denn zum Geburtstag alles eingeladen?" fragte Ludger neugierig. „Zwei Mädchen und zwei Jungen aus meiner Klasse, dazu zwei Mädchen aus dem Tennisclub." – „Keine Tennisspieler?" insistierte der junge Maringer und war sich sekundenschnell bewusst, dass aus dieser Frage eine Portion Eifersucht herausgelesen werden konnte. Auch das Mädchen schien dies zu registrieren und baute ihm eine goldene Brücke im Stile einer heranreifenden Firmenchefin: „Ach, zu denen unterhalte ich keine persönlichen Beziehungen."

Ludger fühlte sich ertappt, riss sich aber zusammen und blieb Herr der Situation: „Was ist eigentlich deine Lieblingssendung im Fernsehen?" – „Das Erbe der Guldenburgs." – „Weißt du auch, dass eine Pforzheimer Schmuckmanufaktur die Schauspielerinnen für die Dreharbeiten großzügig ausstattet? Der Schmuck gehört den Fernseh-Schönen zumeist gar nicht. Übrigens haben wir im Geschäft auch einige Stücke davon." Ludger merkte, dass Werbung für den Juwelierladen hier und jetzt fehl am Platz war, und entschuldigte sich: „Du trägst wunderschönen Silberschmuck. Der steht dir viel besser als die Klunker der Guldenburgs." Damit war die Situation wieder gerettet. Bevor sich Yvonne wegen des Mittagessens verabschiedete, wollte sie noch etwas loswerden:

„Bei meinem Geburtstag werde ich dich meinen Eltern vorstellen. Sie wollen dich kennenlernen." Da Ludger überrascht die Augen aufriss, sorgte sie für klar Schiff: „Bilde dir nur ja nichts ein. Ich bin knapp Fünfzehn und brauche keinen Bräutigam. Aber im Herbst gehe ich in die Tanzstunde und möchte mir vorher meinen Tanzpartner aussuchen. Und der soll auch meinen Eltern gefallen." Mit dem ‚auch' signalisierte das Mädchen, dass es seine Wahl eigentlich schon getroffen hatte. Ludger strahlte vor Freude. Das waren ja verheißungsvolle Aussichten. Er berichtete, bis jetzt noch keinen Tanzkurs besucht zu haben und wäre Feuer und Flamme – vorausgesetzt, seine Eltern stimmen zu – sich gemeinsam mit Yvonne auf dem Parkett zu bewegen.

Kein Thema war für Ludger an diesem Tag verständlicherweise das elterliche Unternehmen des Mädchens, ebenso nicht die Demonstration für die Kleinbetriebe, was wohl kaum auf Begeisterung der Eltern Schmidtbauer stoßen würde. Da aber der öffentliche Auftritt seriös ablaufen sollte, lud Ludger das Mädchen für Samstag in einer Woche zur Schülerdemonstration ein. Er begleitete sie noch ein Stück ihres Weges und trug galant ihre Einkaufstasche. Um frisches Obst, Gemüse und Salate fürs Wochenende zu haben, war sie in die Stadt gegangen.

Aber vor Erreichen der Straße, in der Yvonne wohnte, hielt er seine Zuneigung für das Mädchen nicht mehr hinterm Berg. Ludger nahm Yvonne in die Arme und drückte sie fest an sich. Er war überzeugt: Diesmal hatte er sich kämpferisch gezeigt. Offensichtlich schien ihm die Englischprüfung nicht nur Stress zu bereiten, sondern hatte auch Kräfte freigelegt, die seiner Persönlichkeit gut taten.

Jedenfalls trat an diesem Samstagmorgen die ‚Aktion Mölders' völlig in den Hintergrund. Erst abends vor dem Einschlafen ließ den Schüler der Gedanke nicht los: Was wird die Familie denken, was die Freunde, was Yvonne, wenn er scheitert und nicht versetzt wird? Aber er war nach mehreren Vortragsübungen seines Nevil-Shute-Textes, ausgedehntem Joggen und etlichen Tischtennissätzen im Hobbykeller mit Vater und Evchen zu müde, dies alles zu verarbeiten. Insgesamt war dies doch ein höchst erfreulicher Tag. Die Realität in Sachen Mölders, „Letztes Ufer & Co." sollte ihn noch früh genug einholen.

18. Der letzte Test vor der Verwandtschaft

Den Sonntagmorgen nutzte die Familie Maringer zum Besuch eines Gottesdienstes im benachbarten Anhausen, den vertretungsweise Pfarrer Kittelmann hielt. Ilse, Hanno, Ludger und Evchen wollten einmal den lieben Gott um Beistand für einen guten Verlauf der Englischprüfung Ludgers bitten, zum anderen als ‚Schlachtenbummler' den geistlichen ‚Hausfreund' unterstützen. Dies wäre aber gar nicht nötig gewesen, denn die kleine Kirche war brechend voll. Auf wundersame Weise hatte es sich herumgesprochen, dass der begnadete Prediger und modern denkende Freigeist wieder einmal zu Gast sein würde.
Kittelmann stellte den Egoismus vieler Menschen in den Mittelpunkt seiner Ansprache:

„Wer sein Ohr verschließt vor dem Schreien der Armen, der wird auch nicht erhört, wenn er selber schreit." Diese Warnung aus den ‚Sprüchen' nahm der alte Pfarrer zum Ausgangspunkt. Menschen, die nur an sich denken, seien wie Wolken, die vom Wind herbeigeweht werden und keinen Regen bringen. Sie seien gleich entwurzelten Bäumen, die abgestorben sind und keine einzige Frucht mehr tragen, womit sich Kittelmann auf das Buch Judith bezog. Am ersten Brief des Johannes legte der Prediger dar, wie modern die Bibel doch sein kann: „Die Menschen lassen sich von ihrer Selbstsucht treiben. Sie sehen etwas, und wollen es dann haben, sie sind stolz auf Macht und Besitz."

Ludger erkannte fasziniert die Parallele zur geplanten Schülerdemonstration: Die Leute sollen nicht Marktschreiern und angeblichen Preisbrechern folgen, sondern Kaufentscheidungen nüchtern und wohlüberlegt treffen. Nach dem Gottesdienst warteten die Maringers (der Großvater war unpässlich und zu Hause geblieben) am Kircheneingang auf den Gottesmann. „Ihre Predigt hat mich sehr nachdenklich gemacht", gestand Ludger und erhielt vom Geistlichen einen freundschaftlichen Klaps auf die Schulter. „Möge der Heilige Geist morgen bei dir sein."

Glücklicherweise meldete sich das Nasenbluten nicht mehr, und alle schauten erwartungsvoll dem Sonntagnachmittag entgegen. Beim Mittagessen läutete das Telefon. Evchen nahm den Hörer ab. „Es ist Harry Huth", sagte sie und blickte ihren Bruder an. „Unser Torwart, schön, dass er anruft." Ludgers Miene verdüsterte sich während des Telefonats. „Davon geht die Welt nicht unter. Jedenfalls danke ich dir", schloss Ludger. Jedem im Zimmer war klar, dass die Ostwaldstädter Jugend im Qualifikationsspiel (ohne Ludger) den kürzeren gezogen hatte.

„0 : 4 ging es aus. Also klare Sache. Nach der ersten Halbzeit war das Spiel mit 0 : 0 noch offen. Dann hätte sich die bessere spielerische Reife des Gegners durchgesetzt", wiederholte der verhinderte Stürmer Harry Huths Analyse. „Da können wir froh sein, dass es keine knappe Niederlage gegeben hat", sah der Großvater in der ‚Packung' etwas Gutes, „auch du, Ludger, hättest die Niederlage nicht verhindern können."

Für den Sonntagnachmittag hatte sich Vera Behrens, Cousine von Ilse Maringer, mit ihren drei Kindern Walburga, Martha und Richard angesagt. Sie wohnten in einer 40 km entfernten Kreisstadt, die im benachbarten Bundesland lag. Vera war eine überaus ehrgeizige Mutter und stolz auf ihre Sprösslinge, die stets mit guten bis sehr guten Schulnoten aufwarteten. Sie wurde nicht müde, solche Erfolge bei jeder Gelegenheit neu unter die Leute zu bringen, was Ilse innerlich auf die Palme brachte und zuweilen ihren Mann zu sagen veranlasste, wenn niemand zuhörte: „Das sagt Vera doch nur, weil sie es selbst schulisch nicht weit gebracht hat." Jedenfalls nutzte der neugierige Gast den günstigen Zeitpunkt des bevorstehenden Schuljahresschlusses, sich nach den Fortschritten der Maringer-Kinder zu erkundigen:

„Über Evchen mache ich mir keine Gedanken, sie geht ja nur auf die Realschule, wo man leichtes Spiel hat. Aber wie steht es um dich, Ludger? Was macht dein Englisch? Wirst du überhaupt versetzt?" konnte sie ihr Vorwissen um die Fremdsprachen-Malaise des Maringer-Sohnes einfach nicht zurückhalten. Ilse stieg die Zornesröte ins Gesicht. Wenn dies geschah, war die sonst zurückhaltende Frau echt sauer und in der Lage, dies auch knallhart auszudrücken.

„Was die Realschule anbelangt, liebe Vera, sage ich dir etwas, was du längst weißt. Hanno und ich haben die Mittlere Reife an einer Realschule erworben, und wir sind stolz darauf. Gerade heute steht dieser Schultyp in Gefahr, zwischen Gymnasium und

Hauptschule zerrieben zu werden. Wer die anspruchsvolle Mittlere Reife verwässert, sorgt einmal dafür, dass es im nächsten Jahrtausend zu viele Akademiker ohne Job gibt, aber zu wenige fähige Leute in mittlerer Position und vor allem zu wenige tüchtige Handwerker."

Ludger war erschrocken über die Brandrede der Mutter und warf freundlich ein: „Ich tue, was ich kann." Die Kaffeetafel auf der Terrasse in der kleinen Naturidylle hinter dem Geschäfts- und Wohnhaus krönte wie schon oft Ilses viel gerühmter Kirschkuchen mit der knusprigen Mandelmakronen-Decke. Bevor sich Jung und Alt getrennten Aktivitäten zuwandten, kündigte Ludger einen Englisch-Vortrag an, den er am nächsten Tag in seiner Schule halten sollte.

„Als Acht-Tages-Aufgabe soll er den englischen Roman ‚On the beach' lesen, in einem Vortrag den Inhalt zusammenfassen und Fragen zum Text beantworten", erläutere der Vater, und dabei deutete er auf das Buch in seiner Hand. Erstaunte Blicke der Gäste. „Ein kompletter Roman? Ludger musste doch zuerst einmal den Text übersetzen. Und das alles in einer Woche?" Der Tante blieb der Mund offen stehen. „Das ist in einer Woche unmöglich zu leisten", fiel Tante Veras Urteil klar und keinen Widerspruch duldend aus. Trotzdem war sie gespannt darauf zu erfahren, wie groß der Reinfall und die Blamage wohl ausfallen würden.

Ludger legte los. In fließendem Englisch spulte er den vorbereiteten Text ab: Das amerikanische U-Boot „Scorpion" kommt in das atomar verseuchte Gebiet. „The crew is not able to see there human life. They see from their boat the land with towns and villages. The sun is shining, but the whole population is dead…" Die Gäste brachten keinen Ton hervor. Wie zu erwarten, fand Vera Behrens zuerst die Sprache wieder: „Wie weit die Schüler in eurem Bundesland schon sind! Unser Richard ist genauso alt wie Ludger, liest aber schlechter vom Blatt ab als Euer Sohn auswendig vorträgt. Und er steht immerhin auf einer Zwei." Den letzten Satz hatte die Tante allerdings nur auf der Zunge. Dort blieb er liegen und blieb ungesagt. Schließlich hatte sie den jungen Maringer schon genug gelobt.

Ab jetzt spielte die Schule beim Sonntagnachmittags-Treffen keine Rolle mehr. Die fünf Kinder, die sich gut verstanden, vertrieben sich mit einigen Spielen prächtig die Zeit, während die Erwachsenen über die großen Schulferien und deren Gestaltung sprachen. Vera Behrens schwärmte von der Algarve in Portugal, wo die Familie für drei Wochen in einem Hotel absteigen werde, mit Golfplatz nebenan. Als Beamten-Gattin – ihr Mann war Staatssekretär bei der Landesregierung – hatte sie ein planbares ordentliches Einkommen. Maringers Reisevorhaben dagegen waren jedesmal vom Geschäftsverlauf abhängig.

Zwei Akteure lagen am Abend schlaflos in ihren Betten. Der eine war Pfarrer Johannes Kittelmann. Ihn plagte ein schlechtes Gewissen, und er blickte vom Schreibtisch auf den Gekreuzigten an der Wand. Der Ruheständler betete: „Lieber Gott, verzeih mir, dass ich Ludger vor seiner Englisch-Prüfung unterstützt habe, seine Klassenkameradin Uschi Werkmeister aber nicht. Bitte berücksichtige, dass ich zur Familie Maringer ein freundschaftliches Verhältnis unterhalte, die Familie des Mädchens aber überhaupt nicht kenne. Nach meinen Informationen hatte sie einen Text mit weit weniger Umfang zu bearbeiten als der junge Maringer und dies, obwohl sie auf einer Note über dem Jungen steht."

„Bedenke bitte auch, lieber Gott", fiel dem Seelsorger ein weiterer Grund ein, sein Verhalten zu rechtfertigen, „es handelt sich doch nicht um ein Ausscheidungsrennen zweier Kandidaten, bei dem einer über den anderen siegt. Hier geht es um zwei unabhängig voneinander laufende Überprüfungen." Der alte Pfarrer glaubte, ein stummes Einverständnis des Heilands am Kreuz zu entdecken, hielt aber auch eine Sinnestäuschung nicht für unmöglich.

Noch jemand konnte an diesem Sonntagabend keinen Schlaf finden, Ludger. Prüfungsangst kroch nicht in ihm hoch, denn er hatte sich ja – davon war er überzeugt – exzellent vorbereitet. Aufgeregt war er aber schon. Doch dieser Zustand sei keineswegs leistungsmindernd, hatte Deutschlehrer Caspers seinen Schülern als Lebenshilfe vermittelt: „Selbst berühmte Schauspieler fühlen sich in der Aufregung hellwach, hochkonzentriert und besonders motiviert, ehe sie die Bühne betreten oder eine Filmszene in Angriff nehmen."

Ludger musste unwillkürlich schmunzeln. War er nicht auch eine Art Schauspieler, der einen Text eingeübt hat und diesen aufsagt? Zumindest passte der Vergleich auf den Vortrag der Inhaltsangabe des Romans. Und hatte er nicht diesen Prüfungsteil in einer ‚Generalprobe' zum Erstaunen aller Zuhörer souverän durchgespielt? Schließlich sagte er sich: Das Nichtbestehen ist kein Todesurteil für ihn, allenfalls die Zurücksetzung um ein Schuljahr. Denn weitermachen mit der Schule wollte er unbedingt, das Einverständnis der Eltern voraussetzend. Was würde jetzt Dr. Mölders machen? Vielleicht an die beiden Prüflinge denken, die keinen Schlaf finden können?

Du musst dir jetzt etwas anderes durch den Kopf gehen lassen, lautete sein energischer Ordnungsruf, sonst kannst du dir noch die ganze Nacht um die Ohren schlagen. In seiner Not griff er zu einem Mittel, das er seit längerer Zeit vernachlässigt hatte: Er sprach ein Nachtgebet, in dem er Gott für die Hilfen lieber Mitmenschen dankte und Beistand erbat für seinen Auftritt am nächsten Tag. Er versuchte sich zu erinnern an trostvolle und aufrüttelnde Texte, die er im Deutschunterricht beim unvergessenen Oberstudienrat Caspers analysiert und gelernt hatte.

Als erstes fiel ihm die letzte Strophe von Dietrich Bonhoeffers Gedicht ein: „Von guten Mächten wunderbar geborgen, erwarten wir getrost, was kommen mag. Gott ist mit uns am Abend und am Morgen und ganz gewiss an jedem neuen Tag."

Plötzlich wurde ihm bewusst, dass Lyrik in schwierigen Lebenssituationen Kräfte wachrufen kann.

Noch besser auf Ludgers Situation und sein Vorhaben passend erschien ihm Heinrich Hoffmann von Fallerslebens Text „Wag' es und die Welt ist dein", wo es in der zweiten Strophe heißt: „Lerne dulden und ertragen! Lern' im Unglück nicht verzagen! Wag' es, frei und froh zu sein! Auch in deinen trübsten Tagen ist ein Glück noch zu erjagen: Wag' es, und die Welt ist dein!" Schließlich deklamierte der Junge auch noch sein Lieblingsgedicht „Der Sänger" von Goethe, das in diese Lyrikreihe und zum gegebenen Anlass völlig deplatziert, aber höchst wirkungsvoll war: „Was hör ich draußen vor dem Tor, was auf der Brücke schallen…" Schon vor dem Ende schlief er ein.

19. Montag: Die Stunden vor der Entscheidung/Reagan an Berliner Mauer

Montagmorgen, der Prüfungstag. „Hast du gut geschlafen?" fragte die Mutter, als ihr Ältester am Frühstückstisch erschien, wo Vater und Großvater bereits ihre morgendliche Stärkung genossen hatten und sich in den Sport- und Lokalteil der Heimatzeitung vertieften. Beide schauten kurz auf, musterten den Jungen sekundenschnell, um wieder zum Gedruckten überzuwechseln. Damit versuchten beide das zu zeigen, was die Angelsachsen als „business as usual" („Geschäft wie gewöhnlich. Alles läuft normal") bezeichnen. So wollten sie Ludger die Befürchtung zerstreuen, als ob es nachher in der Schule um eine Entscheidung über Leben und Tod ginge.

Ludger schien wohlauf zu sein, also war keine Belästigung durch weitere Fragen angebracht und sinnvoll. Evchen hatte die erste Stunde frei und war noch nicht zu sehen. Die Siebenuhr-Radionachrichten vermeldeten nichts Spektakuläres, außer dass in Rheinland-Pfalz Ministerpräsident Bernhard Vogel in der Landtagswahl am Sonntag zuvor die absolute CDU-Mehrheit verlor und vermutlich mit der FDP eine Koalition eingehen würde.

Überraschung löste der Entschluss Günter Jauchs aus, seine Fernsehkarriere zu beenden und in die Politik zu gehen. „Ein Schritt, den er schnell bereuen wird", sah der Vater voraus, „in seinen Fernsehsendungen ist er der King, in der Politik dagegen nur einer von vielen und muss permanent Kompromisse schließen. Er wird sich eine blutige Nase holen, falls er überhaupt an seinem Entschluss festhält." Während Ludger an einem Marmeladenbrötchen kaute, hatte der Sender seine Musikberieselung wieder aufgenommen und präsentierte Jürgen von der Lippes neuesten Song: „Guten Morgen, liebe Sorgen, seid ihr auch alle da? Habt ihr auch so gut geschlafen? Na, dann ist ja alles klar." Ludger fühlte sich persönlich angesprochen und auf den Arm genommen.

Auch die folgenden neuen Schlager bezog der Junge auf seine Situation. Drafi Deutschers „Unsere Herzen frieren" klang wohl eher demotivierend, während Gitte mit ihrem Titel „Jetzt erst recht!" genau die Situation und die Stoßrichtung des Hauptakteurs traf. Die Mutter machte beim Abschied ein Kreuzzeichen auf Ludgers Stirn. „Egal, was passiert, bleib ruhig. Kein Aufmucken, keine Kritik! Denk dran: Der Lehrer gibt dir eine Chance." Was die Mutter natürlich nicht ansprach, war das vom Lehrer offensichtlich provozierte Scheitern des Prüflings.

Vor der entscheidenden Englisch-Prüfung lag die Geschichtsstunde bei Studienrätin Elke Sommer. Beim großen Thema ‚Zeitgeschichte' spielte im Frühsommer 1987 die Art und Weise des Nebeneinanderlebens von zwei deutschen Staaten eine beherrschende Rolle. Gerade hatte DDR-Staats- und Parteichef Erich Honecker die Niederlande besucht und war mit militärischen Ehren empfangen worden, was in der

Bundesrepublik wieder einmal als Aufwertung des Ostberliner Regimes kritisiert wurde.

Die Geschichtslehrerin machte deutlich, dass die DDR-Regierung mit dem Rücken zur Wand stand: So kam es in Ost-Berlin zu schweren Zusammenstößen zwischen der Volkspolizei und Tausenden von Jugendlichen, die ans Brandenburger Tor geströmt waren, um dort ein Rockkonzert zu hören, das vor dem Reichstagsgebäude in West-Berlin stattfand. Dabei erschallten Rufe nach Freiheit und nach Gorbatschow.

Dieser Tage besuchte Präsident Ronald Reagan West-Berlin anlässlich der dortigen 750-Jahr-Feier. Er hielt eine Rede vor dem Brandenburger Tor, in der er den sowjetischen Parteichef mit beschwörenden Worten zum Handeln aufforderte: „Herr Gorbatschow, öffnen Sie dieses Tor! Mr. Gorbatschow, tear down this wall! Herr Gorbatschow, reißen Sie diese Mauer nieder! Die Mauer wird der Freiheit nicht standhalten!" Für diesen Einsatz gab es überwiegend Zustimmung in der Klasse.

Lisa Dickopf aber war auf Reagan nicht gut zu sprechen: „Wie konnte er gemeinsam mit Bundeskanzler Helmut Kohl den Bitburger Soldatenfriedhof besuchen, wo auch Waffen-SS-Leute beerdigt sind?" Frau Sommer antwortete mit dem Hinweis auf einen Leserbrief in einer großen Tageszeitung: Eine Frau schrieb, ihr 18jähriger Sohn, der zwangsweise in die Waffen-SS aufgenommen worden war, sei 1945 gefallen und in Bitburg bestattet.

Die öffentliche Erregung über den gemeinsamen Besuch eines deutschen Kriegsgräberfriedhofs in Bitburg in der Eifel durch den deutschen Regierungschef zusammen mit dem höchsten Repräsentanten der Vereinigten Staaten als Siegermacht des Zweiten Weltkrieges müsste eigentlich zusammenbrechen, meinte die Lehrerin. Vorschnelle Urteile seien oft fragwürdig. Beim Amtsantritt dieses amerikanischen Präsidenten hätten viele Publizisten den früheren von Kritikern als mittelmäßig bezeichneten Hollywood-Schauspieler mit Spott und Häme überzogen. Davon sei in den USA und in der westlichen Welt jetzt nichts mehr zu hören. Als es schellte, war Ludger erstaunt, dass das interessante Thema ihn von seinem Lampenfieber vor der Englisch-Stunde befreit hatte. „Das letzte Ufer" konnte kommen.

20. Endlich: Die Lösung der „unerhörten" Hausaufgabe

Im Laufe des Montagvormittags machte das hochsommerliche schöne Wetter einer Gewitterfront Platz, die von Westen aufzog. Der Ostwaldkopf, mit immerhin 620 Metern Höhe, war der Hausberg der Stadt, gekrönt von einem Aussichtsturm. Von der Bergspitze war aus dem Klassenraum der 10 b im Dunst nichts mehr zu sehen. Schüler und Lehrer litten unter einer Schwüle, die sich nicht nur auf die Haut legte, sondern in die Kleidung kroch.

Ohnehin zeigten etliche Lernende massive Ermüdungserscheinungen, typisch für den Montag nach dem langen Brückentags-Wochenende. Hochspannung überwog bei den meisten von Ludgers Klassenkameraden. Wie würden sich Uschi Werkmeister und er schlagen? Es war bekannt geworden, dass Ludger einen weit längeren Text vorzubereiten hatte als Uschi. Vielleicht enthielt deren Schriftwerk aber auch größere Schwierigkeiten.

Die Klassentür ging auf, und es gab eine Überraschung. Hereinkamen zwei Herren, nicht nur Oberstudienrat Dr. Andreas Mölders. Mitgebracht hatte er Paul Smith, waschechter Brite und Englischlehrer am Freiherr-vom-Stein-Gymnasium. Ludger musterte die beiden. Mölders trug – wandermäßig korrekt – ein offenes buntes Hemd, darüber den bekannten Pullunder mit gelb-schwarzem Karomuster, Smith einen leichten Harris Tweed-

Sakko, darunter ein wohl original britisches Hemd und eine
Stoffkrawatte mit Schottenmuster. Mölders hieß den Pädagogen
von der Insel willkommen, begrüßte die Klasse 10 b und bat
Uschi Werkmeister zum Vortrag.

Mölders setzte sich in die Nähe der Tür so, dass er die
Vortragenden nahe bei sich hatte und die Lerngruppe im Auge
behalten konnte, während der Gast neben der hinteren
Tischreihe Platz nahm. Ludger ging einiges durch den Kopf:
Warum war Mr. Smith mitgekommen? Wollte Mölders seine
Benotung, von der immerhin für beide Prüflinge womöglich ein
Schuljahr als ‚Zugabe' abhing, vom bestmöglichen
‚Zweitkorrektor' untermauern lassen? War er bei Ludger vom
Scheitern überzeugt und bestrebt, dies durch Smith bestätigen
zu lassen?

Uschis Darbietung nahm dann aber Ludgers volle
Aufmerksamkeit in Anspruch. Sie hatte wohl eine Erzählung zu
bearbeiten. Aber schon die ersten stockend und unsicher
herausgebrachten Sätze machten allen Zuhörern klar, dass sie
hoffnungslos überfordert war. Darüber hinaus – dies ergaben
Mölders' Nachfragen – schien sie wenig Zeit in die Vorbereitung
investiert zu haben, denn selbst einfachste Fragen nach der
Hauptfigur des Textes und Gründen für deren Sonderstellung
stellten Uschi vor Probleme. Am Ende war sicher, dass sie die
Messlatte nicht erreicht hatte. Sie ging auf ihren Platz zurück und
verbarg ihr Gesicht mit beiden Händen. Uschi tat allen leid, und

zwei Mitschülerinnen gingen zu ihr, umarmten sie und sprachen ihr leise Trost zu.

Ludger hatte bemerkt, dass bei Uschis Vortrag etwas fehlte, was den Zuhörern und Zuschauern den Überblick erleichtert hätte und sie viel besser das Dargebotene hätten verstehen können. Als er aufgerufen wurde, ergriff er kurzerhand ein Kreidestück, nahm kurz Blickkontakt mit Mölders auf, der Ludgers Handbewegung Richtung Tafel verstand und zustimmend nickte. Also schrieb der Prüfling Verfasser, Titel des Romans und die vier Hauptpersonen an die Wandtafel: Lionel Towers, captain oft the submarine „Scorpion", Peter Holmes, commander oft the Royal Australian Navy, his wife and Maria Davidson, her friend. Die Schreibarbeit machte Ludger locker, und er begann seinen Vortrag.

Die oftmalige, laut gesprochene Inhaltsangabe zahlte sich aus, und die Textsicherheit erlaubte es dem Jungen, seine Körperhaltung laufend zu kontrollieren. Er wirkte beherrscht und ließ jeden innerlichen Triumph vermissen. Dabei blickte er die Klasse und beide Lehrer immer wieder gezielt und ohne jegliches Lampenfieber an. Einige ferne Blitze und leises Donnerrollen behinderten den Vortragenden nicht.

Ludger schloss diesen Prüfungsteil mit seiner persönlichen Bewertung: „I like the roman, because it's exciting. The Australian people have to live only a short time, and therefore the reader will hear, how the people spend their time until death. Besides the reader is interested hearing if it gives a happy end for the love story between the American officer and the Australian woman."

Zunächst war Stille im Raum, dann begannen einige Schüler zu klopfen und zu klatschen, schließlich schloss sich fast die ganze Klasse an. Allerdings ebbte die Zustimmung rasch ab, da die Prüfung noch nicht zu Ende war und jeder Mitempfinden hatte gegenüber Uschi, nach deren Vortrag es keine Beifallsbekundungen gegeben hatte. Während der anerkennenden Reaktionen in der Klasse für Ludger geschah etwas Spektakuläres: Paul Smith stand auf und verließ den Raum. Ludger, der ja noch vorne zwischen Lehrertisch und Wandtafel stand, jubelte innerlich auf.

Das konnte eigentlich nur bedeuten, dass Smith genug gesehen und gehört hatte, um sich ein Urteil zu bilden. Und dies musste nach Lage der Dinge eigentlich nur positiv für den Prüfling sein und wäre auch nicht durch einen schwächeren zweiten Prüfungsteil Ludgers umgestoßen worden. Wie musste Smith's Auszug auf Mölders wirken? Sollte er vorher den Kollegen dahingehend unterrichtet haben, zur Zementierung einer Note ‚Ungenügend' als Gast anwesend zu sein, musste der bisherige Prüfungsverlauf für Dr. Mölders als Niederlage gewertet werden. Er hatte offenbar den Schüler unterschätzt. Dieser hatte sich am Riemen gerissen und zeigte plötzlich Leistung.

Mölders gab sich äußerlich beherrscht und unbeeindruckt. Auch er schien die Reaktion des Kollegen so zu deuten, dass alles entschieden war und Ludger die ersehnte ‚Fünf' im Zeugnis bekommen würde. Also gab es ein lockeres Frage-und-Antwort-Spiel, bei dem Ludger die gleiche Souveränität zeigte wie vorher. Mölders jedenfalls erwies sich als fairer Prüfer (sein Coup mit der ‚unerhörten' unlösbaren Aufgabe war krachend gescheitert) und zwang sich am Schluss zu einem freundlichen Lächeln, das Ludger ebenso erwiderte. Nach Schluss der Stunde fiel die ungeheure körperliche und seelische Belastung von ihm ab, und heftiges Nasenbluten stellte sich während der folgenden Unterrichtsstunde bei ihm ein.

Aber er hatte sich mit einem Vorrat an Papiertaschentüchern eingedeckt, verließ in Begleitung von Arno Scholz den Raum, legte sich auf das Sofa im Arztzimmer der Schule und hielt beide Nasenflügel fest zu. Wie erwartet, kam die Blutung zum Abklingen, und der wieder zur Ruhe gekommene Schüler hielt bis zum Ende der sechsten Stunde durch. Vor dem Klassenraum stand Dr. Mölders, gab ihm die Hand mit den Worten: „Glückwunsch zu deiner Leistung. Du wirst auf dem Zeugnis die ersehnte Note ‚Mangelhaft' bekommen."

„Ich bedanke mich sehr, dass sie mir die Gelegenheit einer Sonderprüfung gegeben haben. Auch freut mich, so schnell das Ergebnis zu hören", reagierte Ludger. Mölders hatte sich offenbar zuerst mit Smith abgesprochen, ehe er Ludger informierte. Äußerlich ließ er kein Anzeichen erkennen, dass er über die sensationelle Leistung seines Schülers perplex und konsterniert war.

Der Rückweg war für Ludger ein wahrer Siegeszug, trotz des Regens, der dem abgezogenen Gewitter gefolgt war. Ilse umarmte ihren Sohn, als sie vom Verlauf und Ergebnis der Prüfung erfahren hatte. Der Vater eilte aus dem Geschäft, der Großvater aus der Werkstatt herbei, beide überglücklich und in Jubelstimmung. Evchen, auch aus der Schule zurück, ließ sich vom großen Bruder wie ein Karussell herumwirbeln. Hanno Maringer schickte sich an, seinen Sohn in die Höhe zu heben, was ihm aber nicht mehr gelang. Per Telefon informierte er mit großem Dank Pfarrer Kittelmann und seinen Bruder Rainer. Letzterem kündigte er ein Versöhnungs-Familientreffen an.

Mutter Ilse empfahl ihrem Sohn, nach der Strapaze und dem erneuten Nasenbluten absolut nichts zu tun, sich auf die Couch zu legen, Radio oder eine Kassette zu hören und zur Ruhe zu kommen. Am späten Nachmittag riefen Erich Holzenthal und Paul Hütte aus der 10 b an und beglückwünschten Ludger zu seiner großartigen Leistung, nicht ohne darauf hinzuweisen, dass er ja jetzt für die Samstags-Demo Zeit und Lust en masse habe.

21. Manöverkritik am Prüfungstag

Bei der abendlichen Familienzusammenkunft nach dem erfreulichen Ausgang der Prüfung kommentierte Johannes Kittelmann: „Unsere Strategie ging voll auf, den Lehrer von einer Sonderarbeit zu überzeugen. Womit wir aber nicht gerechnet hatten, war, dass der Englischlehrer offenbar nur zum Schein Ludger eine Chance einräumen wollte, tatsächlich aber das totale Scheitern durch eine quasi unlösbare Aufgabe provozierte. Da konnte nur Ludgers Schutzengel in Gestalt von Onkel Rainer helfen." Hanno Maringer warb um Verständnis für Dr. Mölders, in dessen Situation man sich doch jetzt einmal versetzen sollte:

„Klar, er gab Ludger eine Chance, wenn es auch nur eine Mogelpackung war. Wie aber steht er jetzt da? Der Prüfungsbeobachter dürfte ihm gesagt haben, dass er ‚not amused' sei, wenn dieser Schüler ein ‚Ungenügend' bekommt. Trotz aller Kritik am Englischlehrer: Wir müssen ihm auch in Zukunft respektvoll und korrekt begegnen." Die Meinung des Vaters fand einhellige Zustimmung. Die Maringer-Familie durfte sich nach außen keine Blöße geben. Der Vorgang hätte sonst das Zeug zum Stadtgespräch gehabt.

„Eines sollten wir aber auch festhalten", kam Ilse Maringer auf den Anteil ihres Sohnes an der Prüfung zu sprechen, „der Prüfungserfolg war nicht allein ein Trick und Gottesgeschenk, sondern kam auch durch harten Einsatz und Durchsetzungswillen Ludgers zustande." Und Großvater Ernst zeigte wiederum seine

Kenntnis sprachlicher Feinheiten: „Im wahrsten Sinne des Wortes wurde der Buchtitel zum Rettungsanker, also ‚Das letzte Ufer' für Ludger, um die ersehnte Versetzung doch noch zu erreichen."

Evchen war neugierig geworden: „Ihr redet so geheimnisvoll. Onkel Rainer ist doch kein Schutzengel. Ist nicht alles mit rechten Dingen zugegangen?" – „Doch, absolut", reagierte der Vater, „manchmal drücken sich die Erwachsenen rätselhaft aus. Ludgers Prüfung ist Schnee von gestern. Reden wir nicht mehr darüber."
Die Idylle hinter den Geschäftshäusern, wo auch die Nachbarn im Sommer gerne ihren Feierabend genossen, war kein Ort für tiefgründige Analysen und Einschätzungen. Ab jetzt wurde kräftig gefeiert. „Gibt's einen besonderen Anlass bei euch?" wollte Nachbar Fritsche wissen, Inhaber von Hut-Seelmann. Mutter Ilse, im Glück, rief über den Zaun: „Unser Sohn weiß jetzt schon, dass er in Klasse 11 versetzt wird."

22. Weichenstellung für die Schüler-Demo

Einziges Thema des Sozialkunde-Unterrichts am Mittwoch war die Vorbereitung auf den Auftritt der 10 b beim Johannismarkt am Samstag auf dem Rathausplatz. Frau Dackel-Käferstein berichtete über ihre ‚Hausaufgaben': Die Schulleitung hatte erwartungsgemäß ihre Zustimmung gegeben und die Verantwortung auf die Sozialkundelehrerin delegiert. Auch das Ordnungsamt signalisierte Einverständnis, vorausgesetzt, die für Demonstrationen geltenden Regelungen würden eingehalten.

Polizeichef Edgar Manns versprach, zwei Beamte für zwei Stunden abzustellen, um zu verhindern, dass sich andere Gruppierungen an die Schüler dranhängen und ihr eigenes Süppchen kochen. Die Heimatzeitung, das „Ostwaldstädter Echo", zeigte ebenfalls Interesse und kündigte an, einen Redakteur zu schicken. „Sogar der Landesrundfunksender bringt einen Filmbericht im Dritten Programm" übermittelte die verantwortliche Aktionsleiterin der staunenden Klasse. „Sie erscheinen mit einem Dreierteam, bestehend aus Redakteur, Kameramann und Tontechniker."

Dann hieß es Vorhang auf für zugkräftige Slogans, immer unter der Schlagzeile „Lasst die Kleinen leben!" Beschlossen wurden folgende Losungen: „Denken Sie schon vor dem Kauf an den Service nach dem Kauf." – „Der Kauf im Ort ist praktischer und schont die Umwelt." – „Einheimische Betriebe bieten Arbeitsplätze und zahlen Steuern am Ort." – „Wer weiter denkt, kauft im guten Fachgeschäft." – „Schauen Sie nicht auf die Höhe der angeblichen Preisreduzierung, sondern auf den Endpreis, den Sie zahlen." – „Egal, wo Sie kaufen, wir wünschen Ihnen viel Nutzen und Freude daran."

Ludger trug die von ihm vorbereiteten Moderationstexte vor: „Liebe Bürgerinnen und Bürger aus Ostwaldstadt und Umgebung: Wir, die Klasse 10 b des Freiherr-vom-Stein-Gymnasiums, haben im Sozialkundeunterricht die Situation im Einzelhandel beleuchtet. Hier erleben wir den Kampf der Verkaufsriesen gegen kleine Einzelhandelsbetriebe. Viele Kleine stehen mit dem Rücken zur Wand, andere haben bereits aufgegeben. Der Verlust wohnungsnaher Einkaufstätten bringt Nachteile für alle Bürgerinnen und Bürger mit sich, vor allem für Ältere und Nichtmotorisierte." Einstimmig wurde diese Einleitung der Aktion gebilligt. „Respekt, Respekt", kam Klassen-‚Öffentlichkeitsarbeits'-Chef Erich Holzenthal nicht umhin, seiner Anerkennung Ausdruck zu verleihen.

Dann konnte Ludger auch seine zweite Moderation als Vorschlag präsentieren: „Viele Kleinbetriebe verfügen über Meisterwerkstätten. Die duale Lehrlingsausbildung mit praktischer Arbeit im Betrieb und Theorie in der Berufsschule ist weltweit als beste anerkannt. Über den Gesellen können besonders Befähigte zum Meister aufsteigen. Es gibt kaum ein Wort in der deutschen Sprache, das so edel und wertvoll ist wie das Wort ‚Meister': Meisterhafte Arbeit, Meisterschaft, meisterlich, aus Meisterhand, meisterhaft, ein Meister seines

Fachs, Deutscher Meister, Europameister, Weltmeister, Meistergesang, Meisterklasse, Meisterstück."

Großes Erstaunen bei den Mitschülern. „Woher hast du denn diese Begriffe alle?" wollte Arno Scholz wissen. „Von meinem Großvater", berichtete Ludger, „der ist Bücherfan und besitzt das ‚Große DUDEN-Wörterbuch in 6 Bänden', erschienen 1981, das größte deutsche Wörterbuch aller Zeiten mit über 500.000 Stichwörtern und zwei Millionen Worterklärungen."

„Ich fass' es nicht", staunte Paul Hütte, „in diesem Werk würde ich jeden Tag schmökern." Die Transparentmaler versprachen, die ausgewählten Slogans bis Freitagabend auf die Tapetenbahnen zu malen. „Seid bitte Samstagmorgen eine halbe Stunde vor Beginn, also 9.30 Uhr, am Start", schloss die Lehrerin das Brainstorming ab, und Erich Holzenthal schlug gegenüber Freunden aus anderen Klassen, die gespannt darauf waren, ob die Aktion ein Erfolg oder nicht doch ein Riesen-Flopp würde, auf dem Schulhof schon einmal kräftig auf die Werbetrommel: „Alles im ‚grünen' Bereich."

23. Johannismarkt und Schülerdemo

Jedes Jahr lockte der Johannismarkt Tausende von Besuchern in die Kleinstadt. Schönes Wetter im Sommer 1987 tat ein übriges, kein Wunder, auch die Schülerdemonstration – vor allem als etwas noch nie Dagewesenes – war dicht umlagert. Die einzelnen Transparente verschwanden fast in der Menge, so dass Frau Dackel-Käferstein das Mikrophon ergriff, sich kurz als die Sozialkundelehrerin der Gymnasialklasse vorstellte, der die Aktion zu verdanken war. Anschließend bat sie darum, dass die interessierten Besucher nicht stehen bleiben, sondern Platz machen und die Sicht freigeben für andere. Das half, und es kam Bewegung ins Publikum.

Ludger war bei Textil Neumann neu eingekleidet worden. Dieser war der einzige noch bestehende Herren-Ausstatter am Ort, seit 110 Jahren Familienbetrieb und erfreulicherweise immer noch in Geschäftsverbindung mit Top-Herstellern, ein Juwel am Ort. Mutter Ilse hatte darauf gedrungen: „Du präsentierst nicht nur deine Schule, sondern auch unsere Firma." Und so sah Maringer Junior elegant und sportlich zugleich aus, als wäre er einem Modemagazin entsprungen. Nach der Durchsage der Sozi-Lehrerin war das Mikrophon wieder in seiner Hand. Plötzlich stand die Stadtbürgermeisterin neben ihm. „Darf ich einige Wort sagen?" – „Selbstverständlich, ich kündige Sie an", und der Moderator erwies sich seiner Funktion voll gewachsen:

„Sehr geehrte Damen und Herren, liebe Kinder, wir freuen uns darüber, dass Frau Bürgermeisterin Else Schneider hier ist. Sie will kurz zu Ihnen und Euch sprechen." – „Liebe Ostwaldstädter, heute geschieht etwas Großartiges. Schüler unseres Gymnasiums machen sich Gedanken darüber, wie es mit unserer Einkaufslandschaft weitergeht. Werden wir auch in Zukunft noch Geschäfte in der Stadt haben, oder sind wir auf die Grüne Wiese und Versandhäuser angewiesen? Es ist verdienstvoll, wenn junge Leute auf die drohenden Gefahren hinweisen, vor allem für ältere Mitbürger und solche, die kein Auto haben. Ich schließe mich dem Leitgedanken der heutigen Veranstaltung an: ‚Lasst die Kleinen leben!' Das nutzt allen!" Kräftiger Beifall setzte ein.

Neben Ludger stellte sich ein extrem seriös gekleideter Herr, schwarzer Anzug, weißes Hemd, uni Krawatte, den der Junge nicht kannte: „Mein Name ist Sven Müller. Ich bin Vorstandssprecher der Sparkasse Ostwaldland. Darf auch ich ein Grußwort sprechen?" Ludger zuckte innerlich etwas zusammen, dachte er doch wieder an den Brief des Geldinstituts an seine Eltern, der ihm eine Menge Aufregung gebracht hatte. Natürlich durfte er, von Ludger artig vorgestellt.:

„Auch mir ist es ein Bedürfnis, so viele erwachsene und junge Bürger hier zu sehen. ‚Lasst die Kleinen leben!' gilt auch für uns. Denn im Vergleich zu Großbanken sind wir ein überschaubares Geldinstitut. Daher strengen wir uns besonders an und sind mit der hiesigen Zentrale und vielen Zweigstellen in der Umgebung ganz nahe an unseren Kunden. Besonders freut es mich, dass heranwachsende Jugendliche die Veranstalter sind. Dem Kundennachwuchs gilt gerade für uns besonderes Augenmerk."

Ludger stellte fest, dass hier ein rhetorischer Profi am Werk war, der clever Werbung für sein Geldinstitut machte. Fasziniert erlebte aber auch der junge Moderator, dass sein Slogan branchenübergreifend, ja für alle Lebensbereiche, anwendbar ist. Der Sparkassen-Chef war aber noch nicht am Ende und ergriff die Chance, ein Plädoyer für den Spargedanken zu halten. „Der Volksmund wendet sich mit besonderer Aufmerksamkeit dem Sparen zu. Hier einige altbewährte Sprichwörter: Sparen ist größere Kunst denn erwerben. Auf Sparen folgt haben. Spar in der Zeit, so hast du in der Not dein Brot."

Zu jeder Zeit habe sich das Sparen ausgezahlt, stand für den Chef des Geldinstituts fest. „Viele junge und ältere Sparer vertrauen uns ihr Geld an und freuen sich, dass ihre Deutsche Mark ordentlich Zinsen bringt. Bald ist wieder Weltspartag, und wir werden euch Kinder und Jugendliche wie jedes Jahr mit kleinen nützlichen Geschenken erfreuen. Ich hoffe nicht, dass es einmal eine Zeit geben wird, in der Zinsen unbekannt sind und die Tugend des Sparens zum Untergang verurteilt wird." Erneut brandete der Beifall auf.

Die nächste in der Reihe bat ums Wort: „Mein Name ist Susanne Reinermann. Ich bin Schulelternsprecherin der Grundschule Hochwaldtal. Wir haben im Augenblick 48 Kinder, die in zwei Klassen unterrichtet werden. Unsere Schule soll aufgelöst werden, weil für die Bildungsstrategen in der hohen Politik nur noch die Größe zählt und unsere Bildungsstätte als ‚Zwergschule' diskriminiert wird. Dabei hat noch keines unserer Kinder Nachteile in weiterführenden Schulen gehabt. Warum sollen sechs-bis zehnjährige Schüler in ‚Schulfabriken' besser aufgehoben sein, als in überschaubaren Schulen, wo der eine den anderen kennt, Größere den Kleineren helfen können?"

„Bravo! Danke für Ihren Mut!" rief ein Zuhörer mit einem kleinen Jungen an der Hand. Die Schulelternsprecherin fuhr – offensichtlich ermutigt – mit lauterer und festerer Stimme fort: „Warum sollen Grundschüler bei Schnee und Eis, Wind und Wetter in Bussen transportiert werden, wenn am Ort ein heimeliges, gerade neu hergerichtetes Schulhaus steht? Warum beklagen Politiker die Landflucht, wenn sie selbst durch Ausblutung der Dörfer sogar noch dieser selbst den Weg ebnen? Unser Dorf mit Bürgermeister und Gemeinderat ist entschlossen zu kämpfen. Lasst die Kleinen leben!"

Auch für diese beherzte Rede gab es laute Zustimmung, und Ludger stellte mit Erstaunen fest, dass sich der gesamte Rathausplatz mit Menschen gefüllt hatte. Wer hätte eine solche Anteilnahme vorher ahnen können? Was gar nicht geplant war, entwickelte sich zum Highlight des Johannismarktes. Ans Mikrophon drängten sich nämlich weitere prominente Besucher, die ihr Herz für die ‚Kleinen' entdeckten, im Hinterkopf aber auch blitzschnell die Chance witterten, den Slogan als unglaublich nützliche Brücke und Werbung für ihr Geschäftsmodell auszunutzen.

So kamen der Ärztliche Direktor des Kreiskrankenhauses zu Wort: „Wir sind klein, aber hochqualifiziert, und wir arbeiten in der Nähe. Das kann bei Schlaganfällen und Verkehrsunfall-Opfern, wo jede Minute zählt, Leben retten", ebenso der Verleger der Heimatzeitung, Hans-Peter Kehr: „Nur eine lokale Zeitung kann den Bogen spannen vom Geschehen vor Ort bis zur hohen Weltpolitik und Wirtschaft. Beiden Ansprüchen dienen wir."

Fußballtrainer Seppl Eichhorn sah die Chance gekommen, auch rhetorisch den Durchbruch zu schaffen, und fand den Mut zu einem flammenden Appell, begeistert von den anwesenden Sportlern aufgenommen: „'Lasst die Kleinen leben' gilt auch für unsere Sportvereine, die unter der Millionen-Kungelei von Sportverbänden und Fernsehanstalten leiden. Immer mehr Fernsehübertragungen zu den verschiedensten Zeiten bedeuten immer weniger Zuschauer bei örtlichen Wettkämpfen." Dass Stoßstürmer Ludger Maringer beim Qualifikationsspiel von Eichhorns Jugendmannschaft aussetzte, hatte der Trainer nicht mehr auf seiner ‚Agenda'.

Schließlich stellte sich noch ein jüngerer Mann mit Filzhut, sonnengegerbtem Gesicht, grünem Janker und Wildlederhose vor den Moderator. Ludger kannte den agilen und fleißigen Landwirt aus Berichten und Meldungen der Lokalzeitung.

Außerdem war er Maringer-Kunde. Also reichte ihm der Moderator gerne das Mikrophon: „Mein Name ist Udo Brenner. Der Theresienhof vor der Stadt ist unser Familieneigentum. Mit Kollegen habe ich die Initiative ‚Kauf beim Bauern' gegründet. Obst und Gemüse von uns regionalen Anbietern finden Sie auch in Supermärkten in Ihrer Nähe. Mit Schlachttieren versorgen wir heimatliche Metzgereien. Wir betreiben keine Massentierzucht und keine Massenproduktion auf unseren Feldern."

Auch Brenner stellte fest, dass seine Rede den vielen Marktbesuchern aus dem Herzen sprach, und er setzte zu seinem rednerischen Höhepunkt an: „‚Lasst die Kleinen leben!' ist auch für uns Bauern ein Herzensbedürfnis. Die heimatliche Landwirtschaft hält Feld und Flur in Ordnung, ist für Landschaftspflege unverzichtbar und nutzt allen." Mit hochrotem Kopf, aber einem zufriedenen Lächeln quittierte der Landwirt den prasselnden Beifall der Zuhörerschaft. So viel Zustimmung hatte er wohl noch nie erfahren.

Noch einer drängte sich zum vielbeschäftigten Moderator vor, Harry Huth: „Ich muss dir etwas erzählen. Gestern war die Eignungsprüfung bei der Sparkasse. Stell dir vor, Fragen über Politik und Zeitgeschehen kamen tatsächlich. Ich war gut vorbereitet und bekomme eine Lehrstelle. Ich bin dir so dankbar." – „Das war für mich selbstverständlich", wehrte Ludger ab und umarmte den Freund, „wir halten weiter zusammen."

Zum Kreis der Gratulanten gehörte auch Pfarrer Kittelmann, der sich bescheiden zurückhielt und erst am Schluss der Präsentation Maringer Junior ansprach: „Der Mensch wächst mit seinen Aufgaben. Aus deinem Slogan könnte eine Art Volksbewegung entstehen. Ich bin stolz auf dich. Wer den Kleinen hilft, handelt ganz im Sinn des Christentums."

24. Der Demo-Slogan hoch am Himmel

Als die Reden gehalten waren, stand auf einmal Yvonne beim Moderator. „Darf ich euch Ludger Maringer vorstellen?" Ein Paar stand hinter ihr, die Frau, blond wie Yvonne, um die 40, ebenso hübsch wie die Tochter. Der Mann, um die 45, braunes, schütteres Haar, strenger Blick, reserviert wirkend. „Sie sind also Geburtstagsgast bei unserer Tochter, junger Freund und Ansager", meinte Horst Schmidtbauer spitz, aber gönnerhaft: „Ihr Einsatz für die Kleinen ist bewundernswert. Aber die Zukunft gehört den Großen." – „Wir wollen doch hier nicht übers Geschäft reden", fiel ihm die Frau ins Wort. „Wir freuen uns jedenfalls darüber, dass Sie in Kürze Gast in unserem Hause sind." Das allein zählt, dachte Ludger. Die drei sahen, dass er stark beschäftigt war, und verabschiedeten sich.

Plötzlich ein Gebrumm am Himmel. Ein Sportflugzeug näherte sich dem Stadtzentrum, hinter sich ein Spruchband ziehend, das tatsächlich den Slogan trug: „Lasst die Kleinen leben! Kauft im Ort!" Die Oh's und Ah's, die Rufe des Erstaunens, der Freude und Überraschung wollten kein Ende nehmen. Des Rätsels Lösung erfolgte rasch: Der Onkel von Ludgers Klassenkamerad Paul Hütte war Sportflieger und Inhaber einer Werbeagentur. Er war mit Vater Maringer befreundet und hörte, dass die Demo eine größere Sache würde.

Die Kosten für den Flug übernahm er gern („Nach solchen Auftritten gibt es fast immer Folgeaufträge"), für das Banner kamen Geschäftsleute auf, darunter auch Mitglieder des Senatoren-Stammtisches, die in einer Blitzaktion ihren Obolus zahlten, zumal sie hörten, dass die Beträge als Kosten für Werbung steuerlich absetzbar seien. Flugzeugwerbung fand in Ostwaldstadt gelegentlich durch einen auswärtigen Möbelriesen statt. Aber dass eine örtliche Veranstaltung am Himmel ‚plakatiert' wurde, war noch nie dagewesen und noch nach Wochen Stadtgespräch.

Am frühen Nachmittag packte das Fernsehteam seine Sachen zusammen. „Unser Filmbeitrag wird am Montag in der Landesschau im Dritten gesendet. Wir sind beeindruckt", verabschiedete sich der Redakteur, der sicherlich schon oft spannende Events erlebt hatte, mit zufriedenstellender Miene, was sicherlich auch eine positive Berichterstattung zur Folge haben würde. Die Polizeipräsenz war längst vorbei. Es hatte keinerlei störende Vorkommnisse gegeben. Einige Punker, die mit einem schweren Kassettenrekorder angerückt waren und offenbar für musikalische Umrahmung durch Sex Pistols & Co. sorgen wollten, hatten die Ordnungshüter höflich, aber bestimmt, des Feldes verwiesen.

Lokalreporter Thorsten Imand hatte seine Fotos geschossen und die Interviews auf dem Stenoblock. Für Montag versprach er eine große Reportage. Die meisten 10 b'ler wollten sich nach Stärkung an einem der Bratwurststände im Ratskeller noch auf ein Bier oder eine Cola zur Manöverkritik treffen, nachdem Frau Dackel-Käferstein dem Publikum für sein Kommen und seine

Aufgeschlossenheit gegenüber dem Ziel der Veranstaltung, aber auch der Klasse 10 b für das „glänzende Teamwork" gedankt hatte. Lobende Erwähnung fanden das Tapetenhaus Krings, der Malerbetrieb Ploch, beide für die Materialien der Transparente, und Elektro Pehl für die Lautsprecheranlage, nicht zu vergessen die Initiatoren und die Mitwirkenden der Flugzeug-Werbeschau.

Jetzt sah auch Flaschensammler Peter Leister seine Stunde für gekommen und hielt reiche Ernte. Der Johannismarkt dauerte noch bis zum Abend, und die Geschäfte waren bis 18 Uhr geöffnet. Ludger bedauerte, dass Eltern und Großvater nichts von der Demo mitbekommen hatten, da sie in Geschäft und Werkstatt unverzichtbar waren. Auch Schwester Evchen hätte gern den Auftritt des großen Bruders miterlebt, ordnete aber ihren Wunsch den Erfordernissen des elterlichen Betriebs unter und sorgte beim Kundenempfang für die schon bewährte verkaufsfördernde Atmosphäre.

25. Erfrischung für die Caspers-Kinder/Demo deutschlandweit beachtet

Nach dem offiziellen Ende der Veranstaltung half Ludger bei den Aufräumarbeiten mit. Plötzlich sah er von weitem Frau Caspers mit ihren beiden kleinen Mädchen. War es Mitleid mit der Familie, war es Respekt vor dem verstorbenen Lehrer, egal, der Junge eilte zu der kleinen Gruppe. „Mein Name ist Ludger Maringer. Ich wollte Ihnen nur sagen, dass Ihr Mann mein Lieblingslehrer war", sprach er die Frau in kurzem schwarzen Kostüm an, dessen ausgeschnittener Rock die Würde des Kleidungsstücks milderte und ihm etwas Spielerisches verlieh. Sie wusste offensichtlich schon durch die Präsentation der Schüler, wer der Junge war. Deshalb zeigte sie sich gleich im Bilde: „Mein Mann hat mir von der Begegnung im Krankenhaus erzählt. Sie waren der letzte Schüler, der ihn gesehen hat."

Ludger blickte erst jetzt der jungen Frau ins Gesicht und sah, dass es ungewöhnlich schön war. Edel geformte Nase, voller Mund und erst die Augen! Der junge Maringer war ganz verwirrt von ihrem Liebreiz, dunkelbraunes, modisch frisiertes Haar, üppige dunkle Wimpern, markant vorstehende Augenbrauen, darunter die tiefdunklen Augen, die ihn unverwandt anblickten. Der Dame in Trauer gefiel der gut aussehende junge Mann ebenfalls. Von ihrer Wirkung auf ihn überzeugt, schaute sie ihn unbefangen-freundschaftlich an und bestärkte ihn darin, dass Gespräch fortzusetzen.

Ludger, zunächst etwas irritiert durch die Sie-Anrede, registrierte ebenfalls, dass Frau Caspers die Begegnung mitten in der Stadt nicht unangenehm war. Ihm war es egal, dass seine Klassenkameraden inzwischen dem Treffen mit der Caspers-Witwe zuschauten und Erich Holzenthal bestimmt schon, bissig kommentierend, Betriebstemperatur oder sogar Hochform erreichte. So setzte Ludger, seine Befangenheit ablegend, den begonnenen Dialog mutig fort: „Hat Ihnen der Auftritt der 10 b gefallen, deren Klassenlehrer Ihr Mann war?" – „Unbedingt. Jeder kann Ihre Aktion und Intention nachvollziehen. Ich habe mich darüber gefreut, dass mich Ihre Klassensprecherin darauf aufmerksam gemacht hatte. So sind wir gern gekommen."

Bei Ihrem „wir" fielen Ludger die beiden kleinen Mädchen auf, die zu seinem Leidwesen bis jetzt bloß Statisten waren, trotzdem nicht gelangweilt den großen Jungen beim Gespräch mit ihrer Mutter zuzuschauen schienen. Mit ihren einfachen Leinenkleidchen sollten sie offenbar dem toten Vater ihre Reverenz erweisen. Die Größere hatte blondes Haar und blaue Augen wie der Verstorbene, die Kleine wie ihre Mutter dunkles Haar und die dazu passenden Augen. „Wie heißt du denn?" fragte er das ältere Kind. „Camilla." – „Und dein Schwesterchen?" – „Anna." – „Darf ich Euch ein Eis spendieren?" – „Aber nur ein Bällchen", erlaubte Frau Caspers. „Gern und was für eine Sorte?" – „Vanille." – „Ich auch", schloss sich Anna an, die just in dem Alter war, wo sie ihrer großen Schwester alles nachmachte, zumal man auf diese Weise weitgehend auf das noch lästige und mühsame Sprechen verzichten konnte.

Ludger holte mit den beiden Kindern im Eissalon Capri die Erfrischung. „Wir sehen uns bestimmt noch öfter", verabschiedete er sich. Den Kindern, denen der Vater genommen war, stand die Freude ins Gesicht geschrieben, was Ludgers ‚Auszeit' vom Aufräumen gegenüber der 10 b rechtfertigte. Auch Frau Caspers schien beeindruckt vom ehemaligen Schüler ihres Mannes. Ihr war gewiss, in Ostwaldstadt auch künftig nicht allein zu sein.

Zu Beginn der neuen Woche erhielt die „Lasst-die-Kleinen-leben!"-Aktion deutschlandweite Resonanz. Die Heimatzeitung berichtete umfassend und liebenswürdig („Die ‚Kleinen' waren ganz groß"). Die Redaktion hatte eine Meldung an die Deutsche Presse-Agentur dpa weitergeleitet, so dass landauf, landab die Zeitungen den Einsatz von Schülern zugunsten des wohnungsnahen Einkaufens würdigten („Kleinstadt-Schüler machen Wirtschaft Beine"), auch das Fernsehen hielt Wort. „Erstaunlich ‚reife' und wirtschaftskundlich topinformierte Mittelstufen-Schüler demonstrierten für Erhalt von Einzelhandelsbetrieben im Ort", würdigte die Moderatorin im Studio die Veranstaltung, und viele Ostwaldstädter Johannismarkt-Besucher sahen sich staunend einmal auf dem Bildschirm.

26. Todesangst nach Brillant-Verlust

„Die spannendsten und aufwühlendsten Geschichten erfinden nicht irgendwelche Autoren, sondern die schreibt das Leben selbst", tat Hanno Maringer nach dem Abendessen im Familienkreis geheimnisvoll. Und er richtete sich speziell an Ludger und Evchen. „Wir, Mama, Opa und ich hatten versprochen, euch außergewöhnliche geschäftliche Vorkommnisse mitzuteilen, damit ihr mehr über unseren Arbeitsalltag erfahrt und deshalb tiefere Einsicht und Verständnis bekommt. Hier ein extrem tragischer Fall. Vor etwa einem Jahr steht vor mir im Laden ein Hotelier-Ehepaar aus einem Ort in der Nähe. Die Frau hat schwielige Hände, weil sie in der kleinen Herberge offenbar spült, putzt und sogar schwere Koffer schleppt. Doch heute soll sie anlässlich der Silbernen Hochzeit fürstlich belohnt werden.

Ein Edelsteinring für 40.000 DM wird ich Eigentum. Übrigens ein Verkauf, wie wir ihn alle Jubeljahre einmal erleben. Monate später erscheint die Frau allein und zitternd bei mir: ‚Ich habe den Stein aus der Fassung verloren. Wenn mein Mann dies erfährt – er kann gewalttätig werden – schlägt er mich halb tot. Können Sie mir nicht einen Zirkonia einsetzen?' Ich erschrak, als ich mir den Ring betrachtete: Total abgetragen. Offenbar hatte die Hoteliersfrau, vielleicht aus Angst vor Diebstahl, das wertvolle Stück Tag für Tag, also auch bei schwerer Arbeit, getragen. Kein Wunder, dass der Stein verloren war."

„Hast du denn der Kundin den Wunsch erfüllt?" wollte Ludger wissen, und Evchen hatte die Antwort parat: „Natürlich, allein schon aus Mitleid." – „So geschah es", fuhr der Vater fort, „nachdem ich mich mit eurer Mutter und dem Opa abgesprochen hatte. Der neue Stein besaß bloß ein Fünfzigstel vom Wert des ursprünglichen. Im Reparaturbuch ließ ich mir aber von der Frau unterschreiben: ‚Im Ring... wird heute... ein Zirkonia... eingesetzt.'" – „Konntest du das nicht auch in das ursprüngliche Zertifikat reinschreiben?" war Ludgers naheliegende Frage. „Das war unmöglich, weil der Mann dieses Schriftstück in Verwahrung hatte."

Der Vater fuhr fort: „Kurz darauf starb die Frau. Ein Jahr später erschien der Witwer: ‚Was soll ich mit dem Ring anfangen? Nehmen Sie ihn bitte in Kommission. Ich habe das Zertifikat dabei.' Kommen Sie doch bitte einmal in mein Büro, nahm ich den Hotelier beiseite, erzählte ihm die Geschichte und zeigte ihm den Beleg im Reparaturbuch. Der Kunde brach zusammen und weinte bitterlich." Die Kinder waren schockiert. Ludger interessierte sich für die Lehren, die das Haus Maringer aus diesem tragischen Geschehen gezogen hatte.

„Dreierlei. Erstens: In besonderen Fällen, wo Menschlichkeit gefordert ist, sollte man das Herz sprechen lassen. Zweitens: Die Kunden müssen unterschreiben, dass in ihrem Auftrag Veränderungen/Verschlechterungen am Ursprungszustand von Schmuckstücken (wie sie im Zertifikat oder auf der Rechnung verzeichnet sind) vorgenommen wurden. Drittens: Solche

Angelegenheiten sind absolute Chefsache. Das Personal ist angewiesen, diese Vorgänge unverzüglich der Geschäftsleitung vorzutragen."

„Hat sich der Hotelchef mit der Sachlage zufrieden gegeben?" wollte Ludger erfahren. „Weiß ich nicht. Ins Geschäft ist er meines Wissens nicht mehr gekommen. Rechtliche Schritte gegen uns hätten jedenfalls keinen Erfolg gebracht." – „Da leben wir aber gefährlich", war sich Evchen der Risiken des Kaufmanns bewusst, „eine erfolgreiche Klage gegen uns kann doch die Existenz gefährden." – „Das nicht gerade. Wir müssen halt aufpassen. In den meisten Fällen macht Verkaufen aber Freude, weil die Kunden in ihrem Selbstwertgefühl gestärkt werden und mehr Besitzerstolz und Lebensfreude bekommen", wollte die Mutter die Gefahren des Geschäftsalltags auch nicht überbewertet sehen. – „Schlaft gut, bald kommen die Zeugnisse. Freut euch darauf!"

27. Charlie Chaplin als ‚Anwalt der Kleinen'

In der letzten Woche des Schuljahres 1986/87 gab es ‚Projekttage' am Freiherr-vom-Stein-Gymnasium. Schülerinnen und Schüler unterschiedlicher Jahrgänge konnten sich in Neigungsgruppen naturwissenschaftlichen, sportlichen, musikalischen, künstlerischen oder literarischen Vorhaben zuwenden. Ludger suchte sich das Thema ‚Charlie Chaplin' aus, weil das ZDF über längere Zeit freitags im Vorabendprogramm groteske Stummfilme mit den Größen des Leinwand-Klamauks gezeigt hatte, dazu als Kontrast vom Kabarettisten Hanns Dieter Hüsch bierernste, ‚lebenskundliche' Kommentare („Wir erleben heute die ergreifende Geschichte, wie jemand durch Leichtgläubigkeit bettelarm wird").

Physiklehrer Björn Hasenhüttl erwies sich als Fan und profunder Kenner des Filmstars, Regisseurs und Komponisten: „Der meiner Ansicht nach größte Komödiant des 20. Jahrhunderts war weit mehr als der Tramp, also Vagabund, in ausgebeulter Hose mit Spazierstock, Melone und Watschelgang." Hasenhüttl vermittelte Aberwitziges, Originelles und kaum Glaubhaftes über Leben und Werk des genialen Heros aus der Zeit, als die ‚Bilder laufen lernten', natürlich auch durch urkomische und nachdenklich stimmende Filmausschnitte.

Diese spiegelten gleichzeitig die sozialen Verhältnisse in den USA während des ersten Drittels des 20. Jahrhunderts in fesselnder Weise wieder und zeigten den am Boden liegenden Helden als nie verzweifelndes Stehaufmännchen. Ludger brauchte nicht lange nach Parallelen in seinem Leben zu suchen. Der Projektleiter verstand es glänzend, die Teilnehmer ‚mitzunehmen' und für Spezialaufgaben ihre Mitarbeit einzufordern, wobei mitgebrachte Werke über Chaplin und die Schulbibliothek als Informationsquelle dienten.

Immer stärker war Ludger von Chaplins Absicht fasziniert, die groteske Situationskomik durch pantomimische, mimische und psychologische Mittel zur Tragikomödie des ‚kleinen Mannes' auszubauen. Dieser Film-Triumphator machte es anderen ‚kleinen Männern' vor, wie es sich leben und überleben lässt, und zwar mit Witz und Schlauheit, aber auch mit Raffinesse und Kaltschnäuzigkeit. Ludger nahm – innerlich verstört und aufgeregt – Anteil am verzweifelten und letztendlich erfolgreichen Kampf von Chaplins Tramp in „Moderne Zeiten".

Die Schlussszene empfand er als überwältigend: Der Tramp und sein angebetetes Mädchen marschieren Hand in Hand dem Horizont entgegen. Sie werden ihr Leben gemeinsam meistern. Ist nicht auch er, Ludger, durch ein tiefes Tal gegangen und hat er nicht auch durch Mobilisierung aller Kräfte ‚seinen Kampf' gewonnen? Und noch ein Gedanke ließ den Schüler nicht los: War nicht Chaplin ein prachtvoller Repräsentant für den Slogan „Lasst die Kleinen leben"? Ludger schien es, als habe dieser Schlachtruf grenzenlose Transfer-Möglichkeiten... -

So gesehen erschienen die Projekttage für den jungen Maringer als Bestätigung seiner in den letzten Wochen gewonnenen Lebensphilosophie: Kühlen Kopf bewahren, Unterstützer suchen, mutig handeln. Solcher Art positiv eingestimmt, erwarteten Ludger und seine Familie den folgenden Tag, nämlich die Zeugnisausgabe mit der Versetzung in Klasse 11, in die Studienstufe als Vorbereitung zum Abitur.

28. Ein Zeugnis ‚Zweiter Klasse'

Zeugnisausgabe und Schuljahresschluss. Nun also das Ende von Klasse 10 b und der Mittelstufe. Studienassessor Hubert Metternich, der für den verstorbenen Rudolf Caspers die Klassenleitung übernommen hatte, bat um eine Gedenkminute für den unvergessenen Pädagogen. Dessen Witwe hatte freundlicherweise ein Foto vom Germanisten zur Verfügung gestellt, das gerahmt mit Aufsteller auf dem Lehrertisch einen Ehrenplatz bekommen hatte. Einige Mädchen mussten zuerst ihre Tränen trocknen, ehe Klassensprecherin Marietta Kröber Metternich dankte für sein einfühlsames Auftreten, da doch die Klasse einige Zeit geschockt war vom Tod des geliebten Lehrers. Der ‚Neue' habe eine schwere Aufgabe übernehmen müssen, diese aber mit Note „Eins" gelöst. Starker Beifall der Klasse zeigte an, dass Marietta die richtigen Worte gefunden hatte.

Der Klassenlehrer legte dar, dass jetzt ein wichtiger schulischer Abschnitt beendet ist, da nun die Studienstufe beginne, der Klassenverband aufgelöst wird und Platz macht für Leistungs- und Grundkurse. Natürlich gab es auch einen ausführlichen Rückblick auf die Schülerdemonstration, die deutschlandweit Aufsehen erregt hatte. Frau Dackel-Käferstein, die Reaktionen auf diese Veranstaltung sammelte, sollte – so bat Metternich – mit Informationen gefüttert werden, damit sie diese zu Beginn des neuen Schuljahres der Schule zur Verfügung stellen könne.

Ludger war ganz ruhig zum letzten Schultag in Klasse 10 b erschienen. Die Versetzung war sicher, und er konnte, auch wenn die geplante Spanienreise der Familie dem Rotstift zum Opfer gefallen war, einiges für die großen Ferien planen. Dann hielt er sein Zeugnis in den Händen. Darüber stand: „A b g a n g s z e u g n i s", aber nicht „Versetzungszeugnis". Ihm wurde schwarz vor Augen, und er musste sich zunächst vorn am Lehrertisch festhalten, um sich dann Schritt für Schritt zu seiner Bank vorzutasten.

An seinem Platz angelangt, rasten sekundenschnell die turbulenten Ereignisse der letzten Zeit an ihm vorüber, der Sparkassenbrief, die Gesichter der beiden Alten, die sein Schweigen brachen, das vom Tod gezeichnete Antlitz des Deutschlehrers, Dr. Mölders und sein Spott über den Fünf-vor-Zwölf-Prüfling, die besorgten Mienen seiner Lieben und die Krisensitzungen wegen der eigentlich unlösbaren Prüfungsaufgabe, die Rettung durch das Taschenbuch in deutscher Sprache und das bestandene ‚Examen' vor der Klasse mit deren Beifall. War alles umsonst?

Ludger wollte den Kopf auf die Bank legen, als er bemerkte, dass Blut aus beiden Nasenlöchern austrat und schon den Rand des vor ihm liegenden Zeugnisses erreicht hatte. Gott sei Dank hatte er für alle Fälle eine Packung Papiertaschentücher dabei und half sich damit, so gut es ging. Wieder begleitete ihn Arno Scholz ins Arztzimmer. Auf der Liege besorgte Ludger in der eingeübten Weise die Blutstillung, wobei ängstliche und mitfühlende 10 b-

Klassenkameraden ihn umstanden. Klassenlehrer Metternich eilte ebenfalls hinzu, da sich der Klassenverband aufgelöst hatte. „Litt Ludger öfter unter Nasenbluten?" – „Ja, bei großer Aufregung", berichtete der Klassenprimus.

Ludger erwies sich wieder erfolgreich als Blutberuhiger. Metternich fragte nach dem Grund seiner Verzweiflung. „Ich habe ein Versetzungszeugnis und kein Abgangszeugnis erwartet. Denn eine Versetzung steht mir nach den Noten auch zu. Von Schulabgang war nie die Rede", klärte er den Klassenlehrer auf. Plötzlich kam ihm ein fürchterlicher Gedanke: Haben etwa die Eltern mit der Schule eine Vereinbarung getroffen, dass er abgeht? Ludger wagte nicht, Metternich darauf anzusprechen. Dieser konnte nicht verantworten, den Schüler allein nach Hause gehen zu lassen. Ohnehin erklärten sich Klassensprecherin Marietta Kröber und Paul Hütte bereit, Ludger zu begleiten.

Zu Hause fiel man verständlicherweise auch aus allen Wolken. Der Vater fand zuerst die Sprache wieder: „Leg dich nach dem Mittagessen hin und sei ganz ruhig. Wir werden diese Sache anfechten." Sofort rief Hanno Maringer seinen Bruder an. Rainer ließ sich die Zeugnisnoten vorlesen und urteilte: „Ludger ist versetzt, und wenn ihr keinen Schulabgang signalisiert habt, ist auch keiner vorhanden. Geht sofort zur Schulleitung und verlangt ein Versetzungszeugnis. Eigentlich muss ein Abgangszeugnis schon vor dem letzten Schultag ausgehändigt werden."

Oberstudiendirektor Hans Merfels empfing den Goldschmiedemeister freundlich und hörte sich die Beschwerde an. Er bat aber darum, zunächst die Verantwortlichen um Stellungnahme bitten zu müssen. Weitere Informationen könne er ohnehin nicht geben, da diese dem Konferenzgeheimnis unterliegen. Er selbst habe an der 10 b-Versetzungskonferenz nicht teilgenommen.

Abends gab es wieder ein Krisengespräch, zu dem traditionsgemäß auch Pfarrer Kittelmann gekommen war. „Ich bin schockiert wie ihr. Ich wollte euch ohnehin vorschlagen, Ludger auf ein anderes Gymnasium zu schicken. Jetzt ist das Fass übergelaufen", wetterte der Gottesmann. Hanno Maringer ging zum läutenden Telefon. Am Apparat war der Vater von Uschi Werkmeister, den er um Rückruf gebeten hatte. Nach dem Telefonat berichtete Ludgers Vater der Runde: „Uschi hat in Englisch eine Vier bekommen, geht aber vom Gymnasium ab. Zur Frage, ob es einen Deal zwischen Familie Werkmeister und der Schule gegeben habe, dergestalt, dass Uschi die Vier in Englisch nur unter der Bedingung erhält, mit dem Zeugnis der Mittleren Reife von der Schule abzugehen, wollte sich der Vater der Schülerin nicht äußern."

„Aha, jetzt sehen wir klarer", schien Kittelmann die Sachlage zu entschlüsseln. „In der Zeugniskonferenz gab es wohl Ärger mit einigen Kollegen, die nicht begreifen wollten, dass Ludger ungeschoren davonkommen und versetzt werden sollte, Uschi dagegen nur mit einer strengen Auflage, nämlich dem Ende ihrer

Schülerlaufbahn. Fakt ist aber: Ludger hat seine Prüfung bestanden und von seinem Lehrer die Zusage erhalten, dass er die Note ‚mangelhaft' bekommt, und zwar ohne Einschränkung. Über Uschis Vier freue ich mich. Jetzt ist für sie ein glimpflicher Ausgang erreicht." – „Das sehe ich genauso", pflichtete Mutter Ilse bei. Warten wir die Reaktion der Schule ab. Es gibt doch sicher noch Ehrlichkeit und Rechtschaffenheit auf der Welt. Unser gemeinsamer Einsatz und die immensen Anstrengungen von Ludger dürfen nicht einfach zunichte gemacht werden, indem der Große dem Kleinen sein gutes Recht verweigert."

Ludger blickte zu Vater, denn der atmete schwer, saß unsicher auf seinem Stuhl, drohte sogar umzufallen. Rasch ging er zu ihm und stützte ihn. Erschrocken waren sofort auch die anderen. Mutter gab ihm ein Glas Wasser. Hanno Maringer stammelte: „Ich habe so ein Engegefühl in der Brust." Schweißperlen standen auf seiner Stirn. „Möglicherweise Vorstufe zum Herzinfakt", raunte der Großvater Ilse zu und ging zum Telefon. „Ich rufe den Notarzt an." Dieser erschien nach einigen Minuten, bat alle außer der Mutter den Raum zu verlassen.

Später erfuhren Ludger und Evchen, dass zu hoher Blutdruck festgestellt wurde und der Vater zur Beobachtung ins Krankenhaus gebracht werden müsse. Sanitäter vom Roten Kreuz nahmen ihn mit. „Hat sich der Vater so stark über mein Zeugnis aufgeregt?" fragte Ludger seine Mutter. „Nicht nur das hat ihn sehr mitgenommen. Es kam noch etwas hinzu: Heute Morgen erhielten wir einen Brief eines für uns wichtigen

Schweizer Uhrenherstellers. Dieser ist von einem Konzern aufgekauft worden. Der neue Eigentümer verkleinert sein Händlernetz und will nur noch einen Anbieter in Ostwaldstadt haben. Er zieht den Filialisten am Ort vor und kündigt uns. Ein herber Schlag für uns, aber wir kämpfen weiter", sprach Ilse Maringer trotzig.

„Ich weiß auch, warum unser Betrieb durch den Rost fällt", stand für Ludger fest, „Wer Kleine hinauswirft, macht sich bei den Großen beliebt." Spätabends kehrte Mutter von einem kurzen Krankenhausbesuch zurück: „Vater schläft tief. Man hat ihm eine Beruhigungsspritze gegeben. Morgen sehen wir weiter. Erst einmal sollten wir ohne Besorgnis schlafen." – Am nächsten Morgen konnte Ilse ihren Mann wieder heimholen. Er brachte einen Brief für den Hausarzt mit. „Er soll mich weiter beobachten. Der Chefarzt im Krankenhaus empfahl mir, mich bei einem Kardiologen vorzustellen. Möglicherweise soll eine Herzkathederuntersuchung weitere Aufschlüsse geben, etwa, ob Bypässe eingesetzt werden." Als Sofortmaßnahme musste der Vater ab jetzt Blutverdünner und Betablocker einnehmen.

Zwei Tage später, nach 48 Stunden quälenden Wartens, brachte der Postbote einen Brief des Gymnasiums mit einem 08/15-Anschreiben, aber auch mit dem hart erkämpften Versetzungszeugnis. Jetzt stellte sich richtige Jubelstimmung aber noch nicht ein. Zu aufregend waren die letzten beiden Tage verlaufen. Alle Beteiligten, vor allem der ‚Star' des ‚Unternehmens Versetzung', mussten erst einmal Abstand gewinnen von der nervenaufreibenden, aber zurückgenommenen „Abgangszeugnis"-Entscheidung der Schule.

Der alte Pfarrer baute schon einmal vor, sollte sich doch in den nächsten Tagen Stolz und Übermut wegen des ‚Sieges' breitmachen, und empfahl dringend, auf dem Boden zu bleiben: „Die Bibel gibt brauchbare Wegweisung. In den ‚Sprüchen' steht ‚Bei den Demütigen ist Weisheit', Und an anderer Stelle heißt es: ‚Der Lohn der Demut und Gottesfurcht ist Reichtum und Ehre und Leben'." – Jedenfalls herrschte große Beruhigung darüber, dass es dem Vater wieder gut ging und er seine gewohnte Arbeit verrichten konnte.

29. Die Tragik um den Dr. Mölders/Rainer Maringer und die Mundharmonika

Am Tag nach Eintreffen des Versetzungszeugnisses war die seelische Verfassung der Familie Maringer und ihres ‚privaten' Seelsorgers so weit wieder im Lot, dass eine kleine abendliche Feier auf der Terrasse hinter dem Haus stattfinden konnte, der Jahreszeit angemessen als Grillabend annonciert. Ohne auf Einzelheiten einzugehen, sprach Pfarrer Kittelmann ein Dankgebet „für alles, was uns durch die Gnade und Barmherzigkeit Gottes zuteil geworden ist". Als Evchen zu Bett gegangen war, hielt der alte Seelenhirte ein Plädoyer, das es in sich hatte und seine ganze Erfahrung auch auf schulischem Gebiet wiedergab. Schließlich hatte er in jüngeren Jahren Mittelstufenschüler im Fach Religion unterrichtet („und zwar mit Herzblut und Hingabe").

„Ich will versuchen zu begründen, warum die Versetzungskonferenz auf ‚Schulabgang' statt ‚Versetzung' plädiert hat." Kittelmann nahm einen kräftigen Schluck aus seinem Rotweinglas und begann: „Naheliegend war es, Ludger mit Uschi Werkmeister gleichzusetzen. Letztere bekam die für die Mittlere Reife erforderliche Vier und geht vom Gymnasium ab. Was zwischen Schule und Elternhaus besprochen wurde, wissen wir nicht. Ludger erhielt die erforderliche Fünf, wird gleichbehandelt und geht auch ab. Dass zwei Sonderprüfungen mit unterschiedlichen Ergebnissen vorausgegangen waren, erfuhr das Kollegium vielleicht erst am Konferenztag. Solch eine

Klassenkonferenz tagt gewöhnlich nur zweimal im Schuljahr. Ihre Mitglieder tauschen sich aber laufend über den Leistungsstand der Schüler aus. Vor allem bei denen, deren Versetzung gefährdet ist."

Der Seelenhirte im Ruhestand blickte die kleine Runde an und entnahm ihren Mienen, dass sie seiner Einschätzung gern und zustimmend gefolgt waren. Daher hatte er mit seinem Aufklärungsvortrag weiterhin leichtes Spiel: „So stand Ludger im ersten Halbjahr auf ‚Ungenügend', bekam eine Warnung wegen möglicher Nichterreichung des Klassenziels, soll sich aber fünf Minuten vor Zwölf um eine Note verbessert haben und versetzt werden. Ging hier wirklich alles mit rechten Dingen zu? Vermutlich sah sich Dr. Mölders, der sich wohl als pädagogisches Ass betrachtete, heftiger Kollegiumsschelte ausgesetzt. Er konnte doch nicht verkünden, alles getan zu haben, damit die Prüfung für Ludger ein Desaster wird, weil dies sein Lehrer-Ethos massiv beschädigt hätte."

„Was glauben Sie, war wohl der Anlass, Mr. Smith mit ins Boot zu nehmen?" wollte Ludger von Kittelmann erfahren. „Meine Theorie ist, dass er den Engländer zu seiner Entlastung als Kronzeugen ins Gefecht schicken wollte, um nach Lage der Dinge Ludgers zu erwartendes Prüfungsergebnis ‚Ungenügend' zu bestätigen. Nachdem aber Ludgers Auftritt ordentlich ausfiel und keinesfalls die schlechteste Note verdiente, fiel Mölders in ein neues Loch." Der alte Seelsorger verstand es meisterhaft, seine Zuhörer in Spannung zu halten:

„Wenn der Prüfling schon zwei Fremdsprachen-Experten beeindruckt hatte, wie konnten dann seine Leistungen ein Schuljahr lang bodenlos schlecht sein? Eine total verfahrene, echt tragische Situation für den Englischlehrer. Egal, wie er sich entschied, jedes Ergebnis musste er als persönliche Niederlage ansehen und als Verlust an Reputation, die er sich wie jeder Pädagoge aufgebaut hatte und an der er im täglichen Geschäft arbeiten musste. Schließlich hatte er sich zum Konferenzbeschluss breitschlagen lassen, Ludger bloß ein Abgangszeugnis auszustellen, unter der Devise: Wir versuchen es halt und warten, ob es die Erziehungsberechtigten akzeptieren."

Kittelmann kam zum Abschluss seiner Argumentation: „Könnten wir Mölders fragen, ob er sich noch einmal zu einem solchen Entgegenkommen entschließen würde (obwohl es nur ein scheinbares Zugeständnis war), er würde mit beiden Händen abwehren." – „Du hast dich so toll in die Situation von Mölders und seiner Kollegen hineinversetzt, als ob du in der entscheidenden Sitzung dabei gewesen wärest", staunte Ilse Maringer, und ihr Mann setzte die seherische Analyse des Ruheständlers fort: „Gott sei Dank blieb keine Zeit, sonst wäre möglicherweise von der Schulleitung eine Untersuchungskommission eingesetzt worden, mit dem Ziel, zu ermitteln, wie es zu dem Wunder in der Prüfung gekommen ist, das wir miterleben durften und an dem Ludger ein beträchtliches Verdienst hat."

Jetzt konnte man sich den Bratwürstchen und eingelegten Steaks vom Grill zuwenden, Spezialitäten von der Metzgerei Tremmler, auch ein kleines Unternehmen, das noch selbst schlachtete und stolz verkündete: „Wir kaufen nur Schlachttiere aus Betrieben aus der Nähe, deren Qualitätsaufzucht wir kennen." Für Ludger ein Paradebeispiel für die ‚Klasse' von Kleinen, die sich im Markt behaupten.

„Wo bleibt eigentlich Rainer?" wunderte sich Ilse Maringer über das Ausbleiben ihres Schwagers. Schließlich sollte der doch wegen seines genialen Einfalles, den Shute-Roman in deutscher Übersetzung zu nutzen, als Stargast des kleinen Gartenfestes im Mittelpunkt stehen. Er hatte am Tag zuvor sein Kommen zugesagt, und zwar ohne Begleitung seiner Frau Marga. Dies hatten die Maringers als Zeichen dafür gewertet, dass der Schwägerin an einer Aussöhnung der beiden Familien nicht gelegen war. Um 22.00 Uhr traf der Pädagoge endlich ein. Die Umarmungen und Dankesreden, denen sich auch Pfarrer Kittelmann anschloss, wollten kein Ende nehmen. Ein ansehnliches Weinpräsent sollte dem Gymnasiallehrer verdiente Feierabende vergolden.

Erst jetzt bemerkte die kleine Gesellschaft, dass Rainer Maringer höchst angegriffen, ja in ganz schlechter Verfassung war. Sein aschfahles Gesicht und ein leichtes Zittern der rechten Hand verhießen innere Erregung, die er mit Gewalt unter Kontrolle zu bekommen versuchte. Ludger vermutete, dass Onkel Rainer wohl deshalb so aufgeregt war, weil er seit einem Jahrzehnt das

Elternhaus nicht mehr betreten hatte. Jedenfalls schien er keine Freude zu empfinden wegen der überschwänglichen Herzlichkeit, die auf ihn einstürzte.

„Du siehst ausgehungert aus und muss dich erst einmal stärken", ordnete Ilse an, und Bruder Hanno brachte dem Gast einen Teller mit frisch Gegrilltem und ein großes Glas alkoholfreies Bier. Diesem Getränk pflegte er immer zuzugreifen, wenn er mit dem Auto unterwegs war. „Dein Kartoffelsalat, liebe Ilse, hat an Wohlgeschmack keinen Deut eingebüßt. Du bereitest ihn immer noch mit Frühlingszwiebel-Scheibchen zu", hielt der Studiendirektor mit Lob nicht zurück. Nachdem er sich gestärkt hatte, schien der wie alle Maringers großgewachsene Mann seine Souveränität wiedergewonnen zu haben. Aber er war wohl auch nicht gewillt, noch groß über die „unerhörte Aufgabe" und Ludgers Anteil an ihrer Lösung sprechen zu wollen.

Stattdessen zog Rainer zur Überraschung aller eine Mundharmonika aus dem mitgebrachten Ledertäschchen, ein Hohner-Echo-Modell in der charakteristischen Pappschachtel mit dem Alpenlandschaftsmotiv. „Erinnert ihr euch noch daran, wie einst unser Vater mit seinen beiden Buben Hanno und Rainer als Mundharmonika-Trio aufgetreten ist?" – „Davon kann ich ein Lied singen", antwortete der Goldschmied musikalisch korrekt. „Morgen sehe ich auf dem Speicher nach, wo die alten Instrumente schlummern und auf Wiedererweckung hoffen. „Lasst mich zu Ehren der Gastgeber ein Ständchen bringen", war

Rainer entschlossen, mit einer musikalischen Darbietung seinen Dank für die freundliche Aufnahme abzustatten.

Er begann mit dem wehmütigen Volkslied „In einem kühlen Grunde". – „Wie hingehaucht ertönte die Melodie", lobte Bruder Hanno, „damit haben in den 1930er Jahren die Comedian Harmonists die halbe Welt begeistert." – „Wie kommt der sympathisch warme Ton deiner Mundharmonika zustande?" wollte Ilse erfahren. „Ganz einfach, sie ist so gestimmt, dass die Stimmzungen der übereinander liegenden Kanäle geringe Schwingungsunterschiede besitzen. So entsteht ein Schwebeton, der auch Tremolo genannt wird."

Ludgar war fasziniert vom kleinen Instrument, weil es eine Eigenschaft besitzt, die kein anderes Musikinstrument für sich reklamieren kann. Es spielt nämlich nur, wenn der darauf musizierende Mensch ein- und ausatmet. Also ist es sein Lebensrhythmus, der es zum Klingen bringt. „Schade eigentlich", so schien Onkel Rainer Ludgers Gedanken erahnt zu haben, dass die kleine Harmonika längst nicht mehr den Stellenwert früherer Jahrzehnte besitzt und sogar von den meisten Musikpädagogen mit Verachtung gestraft wird. Denn die Gegner der ‚Mundorgel' können gar nicht darauf spielen."

Großvater Ernst erinnerte daran, dass die Brüder ihrer Mutter, als sie auf dem Sterbebett lag, ein Mundharmonika-Ständchen dargeboten hatten, das die Empfängerin dankbar entgegennahm: „Ich fühle mich wie im Paradies." – „Ihr müsstet einmal erleben, was solch ein Mini-Musikinstrument für ein Aufsehen auf dem Frankfurter Flughafen erregt. Etliche Male habe ich erfahren, dass die beiden Mundharmonikas, die ich bei Flugreisen stets im Handgepäck mitführe, bei der Durchleuchtung dem Abfertigungspersonal wie Böhmische Dörfer vorkamen. Ich musste meine Tasche leeren und wurde höchst kritisch beäugt und behandelt. Ich sei Virtuose und könne gerne einmal ein Lied spielen, wollte ich der Situation die Schärfe nehmen. Aber Musik bei der hochnotpeinlichen Kontrolle erschien den Leuten von der Flugsicherheit fehl am Platz."

„Warum hast du die Dinger denn nicht in den Koffer gelegt?" Auf die Frage Pfarrer Kittelmanns hatte Rainer eine schlüssige Begründung: „Ich wollte verhindern, dass mein Koffer durchwühlt wird." Der Gast präsentierte als nächstes den feierlichen Choral „Ich bete an die Macht der Liebe" aus dem „Großen Zapfenstreich" und dann das „Wolgalied" aus der Operette „Der Zarewitsch" von Franz Lehar: „Hast du dort oben vergessen auch mich, sehnt doch mein Herz nach Liebe sich", als er plötzlich abbrach und heftig zu schluchzen und zu weinen begann. Schweißperlen standen auf seiner Stirn, und er wandte sich von der Gesellschaft ab. Die vorher ergriffen lauschende kleine Gemeinde war erschrocken und die Stimmung jäh gekippt.

Ilse umschlang den Schwager besorgt: „Was hast du?" Bruder Hanno nahm die Mundharmonika an sich, die Rainer aus der Hand geglitten war und zur Erde zu fallen drohte. Nach zwei, drei Schluck Wasser, das Ludger ihm gereicht hatte, fing sich der Gast wieder, und er stammelte leise, abgehackt und mühsam hervor: „Marga hat sich heute von mir getrennt. Sie will ausziehen und hat wohl schon einen anderen. Mehr will ich heute nicht dazu sagen."

Jetzt war klar, warum Rainer später als zugesagt erschienen war. Seine Frau hatte ihm offenbar ein Ultimatum gesetzt: „Wenn du dich mit deiner Familie versöhnst, verlasse ich dich." Rainer wiederholte, was den Maringers klar war: „Marga war von Neid gegen euch zerfressen und glaubte, ihr würdet in Gold und Silber schwimmen. Als dann der Nachlass von Tante Frieda auf die Familien der beiden Brüder aufgeteilt werden sollte, hoffte sie darauf, ihr würdet verzichten. Dass ein Facheinzelhändler täglich um seine Existenz ringen muss, kommt Marga nicht in den Sinn. So begann unsere Entfremdung."

Ludger bemerkte erfreut, wie der Großvater und seine Eltern Onkel Rainer ihre volle Unterstützung anboten. Ilse begann mit dem Naheliegenden: „Heute darfst du nicht mehr mit dem Auto nach Hause fahren. Geh kein Risiko ein! Du schläfst dich auf der Couch im Büro aus. Morgen reden wir weiter." Pfarrer Kittelmann zeigte sich wie immer als Realist: „Wenn eine Trennung unausweichlich ist, dann in Gottes Namen. Lieber ein Ende mit Schrecken als Schrecken ohne Ende. Die beiden Söhne von Marga und dir studieren weit entfernt, sind weitgehend selbständig und brauchen die Nestwärme weniger."

Ludger blieb noch lange wach. Er hatte wieder einmal erlebt, dass menschliches Leben schmerzlichem Wechsel unterworfen sein kann. Wie schon öfter nach zu Herzen gehenden Situationen kam ihm als Tröstung ein Gedicht in den Sinn, das er beim unvergessenen Deutschlehrer Caspers gelernt hatte, „Der römische Brunnen" von Conrad Ferdinand Meyer. In nur acht Zeilen vergleicht der Dichter das Fließen des Wassers im Brunnen mit dem menschlichen Leben, und zwar in den Gegensatzpaaren Aufsteigen und Fallen, Geben und Nehmen, Strömen und Ruhen: „Aufsteigt der Strahl, und fallend gießt er voll der Marmorschale Rund..."

30. Geburtstagsfeier bei Yvonne – Gefahren durch Vitrinen-Knacker

„Hast du eigentlich ein Geschenk für das Mädchen, das dich eingeladen hat?" erkundigte sich Ilse Maringer bei ihrem Sohn. „Himmel nochmal! Hab ich glatt vergessen", war dem Geburtstagsgast sogleich klar, dass er ein peinliches Versäumnis hätte begehen können. „Wir haben doch im Februar auf der Münchner Schmuck- und Uhrenmesse herrliche Silber-Creationen eingekauft, ideal für junge Mädchen. Ich such dir ein schickes Armbändchen aus. In einem Etui mit Firmenaufdruck von uns ist dies doch auch noch eine schöne Werbung."

So hatte Ludgers Mutter die Kalamität augenblicklich gelöst. „Und für die Mutter des Geburtstagskindes besorgst du dir beim Blumencenter Schmal einen schönen Sommerblumenstrauß. Und noch etwas: Ich leg dir neue Anziehsachen von Textil Neumann hin. Du hast bei eurer Schülerdemonstration erlebt: ‚Kleider machen Leute'."

Ludger klopfte das Herz merklich schneller, als er am eisernen Tor des komplett von Mauern umschlossenen Schmidtbauer'schen Anwesens stand und von einer Alarmanlage mit Kamera ins Visier genommen wurde. Der Empfang durch die Gastgeberin selbst verlief aber unbeschwert-herzlich. Yvonne freute sich riesig, als ihr der Gast den Silberschmuck anzulegen begann. Er umfasste ihr zartes Handgelenk, und dabei ließ er routiniert den Sicherheitsverschluss einrasten. Ludger empfand dieses Tun als hochemotionalen Moment. Bedeutete nicht die Annahme und das Tragen des Schmucks von einem geschätzten Menschen eine Art von gegenseitiger Zuneigung über den Tag hinaus?

Es war eine wunderschöne Geburtstagsfeier. Die jungen Leute tanzten und feierten ausgelassen im Partykeller des Hauses Schmidtbauer, natürlich ohne Alkohol. Die neuesten Hits liefen auf Plattenspieler und Kassettenrekorder rauf und runter. Yvonnes Freundinnen, die auf dem Schulhof kürzlich wegen Ludger getuschelt und gekichert hatten, erwiesen sich als freundliche und handzahme Geschöpfe, die den Gast fast respektsvoll ansahen, auch weil dieser völlig unbefangen und humorvoll mit ihnen umging. Die Tennisfreundinnen und die Jungen aus Yvonnes Klasse schauten mit Hochachtung zum großgewachsenen Gast auf, der unendlich viel über technische Geräte und sämtliche Sportarten wusste.

Annika und Sophie, Yvonnes Busenfreundinnen, hatten ihre Lieblingssongs mitgebracht. „Wichtig ist, immer eine leere Kassette im Deck der Musikanlage zu haben. Denn wenn dann im Radio der herbeigesehnte Lieblingssong läuft, kann sofort der Druck auf die Aufnahmekassette erfolgen", gab Sophie einen wichtigen ‚Verhaltenstipp', den die beiden Jungen aber sogleich relativierten. Denn etliche der auf Knopfdruck vom Radio auf Kassette aufgenommenen Titel hätten einen Makel, den Schulfreund Lars schonungslos ansprach: „Immer öfter beschwafeln Radiomoderatoren mit albernem Gequatsche die

Anfänge der Songs." Eine Kritik, die alle teilten und Yvonnes Klassenkamerad Freddy einen dicken Hals verursachte: „Den sülzenden Dummschwätzern müsste man das Handwerk legen."

Die beiden Jungen erwiesen sich bei den Themen „Rauschunterdrückungssystem" und „Tonkopfreinigung" als Meister ihres Fachs. Freddys Rat schien schlüssig: „Wer seine Bänder regelmäßig bewegt, hat mehr Spaß daran als die bloßen Sammler, deren Bänder in Schuhkartons vor sich hin dösen." Und Freddy hatte auch gleich den häufigsten Grund für Kassetten-Defekte bei der Hand: „Aus dem Bandmaterial austretende Gase des darin verarbeiteten Weichmachers verkleben die benachbarten Wicklungen." Eine Erklärung, die sicherlich die Kompaktkassetten-Gurus teilten, mit der aber die bei Yvonne versammelten ‚Amateure' wenig anfangen konnten.

Den Mädchen war es ein Anliegen, wie man „Bandsalat" beseitigt und so das eine oder andere Hörjuwel retten kann. Auch hier überzeugte Experte Freddy: „Um gerissene Bänder zu reparieren, braucht man eine Klebeschiene und ganz dünnen Klebefilm, keine Klebebänder, die zu dick sind. Die Klebeschiene sorgt dafür, dass das Band exakt gerade liegt und nicht schief unter die Andruckrolle gerät und Knicke bekommt. Wer Hilfe braucht, kann mich gerne ansprechen." Aber auch der Sport kam nicht zu kurz. Geschickt leitete die Gastgeberin zu diesem Thema über, von dem sie wusste, dass Ludger darin unschlagbar war.

„Wenn mein Vater im Fernsehen Fußball schaut, taucht öfter der Begriff ‚Abseits' auf. Kannst du uns den nicht mal erklären?" wollte das Geburtstagskind wissen. „Nichts leichter als das", war Ludger in seinem Element. „Das ist ein Regelverstoß bei Fußball, Hockey und Rugby. Im Fußball ist ein Spieler im Abseits, wenn er im Augenblick, in dem der Ball gespielt wird, der gegnerischen Torlinie näher ist als zwei Abwehrspieler des Gegners." – „Und passives Abseits?" – „Das ist keine strafbare Abseitsstellung. Sie liegt vor, wenn ein Spieler nicht unmittelbar auf Ball, Spiel und Gegner einwirkt. Also bloß herumsteht. In jedem Spiel gibt es Ärger wegen Abseitsentscheidungen des Schiedsrichters."

Yvonne sah hinreißend aus in ihrem Babydoll-Partykleidchen, natürlich mini, wie es große Mode war. Ab und zu schauten ihre Eltern herein, freundlich gestimmt, auch der Vater, im Gegensatz zum Treffen bei der Schülerdemo. Beide hatten offensichtlich Vertrauen in ihre Tochter und die Gäste. Beim Abschied am Abend gab das Geburtstagskind Ludger ein Zeichen, noch nicht mit den anderen aufzubrechen. Nachdem alle gegangen waren, hielt es auch Ludger für richtig, sich zu verabschieden.

Im Hausgang drückte sich Yvonne an ihn und gab ihm einen scheuen sanften Kuss auf den Mund. Er lächelte erfreut und revanchierte sich mit einer kräftigeren Umarmung und einem noch zärtlicherem ‚Lippenbekenntnis'. Ein Hochgefühl hatte sich seiner bemächtigt. „Ich freue mich wahnsinnig auf den Tanzkurs mit dir", gestand er dem Mädchen, das etwas bremste: „Meine Eltern haben noch kein Urteil über dich gefällt." Als sie ihn erneut küsste, nahm Ludger an, dass sie auch ein Wörtchen mitreden durfte.

Am nächsten Morgen, Ludger frühstückte später als gewohnt wegen Yvonnes Geburtstagsfeier, rief Mutter Ilse aus dem Laden an: „Komm sofort runter!" Der Sohn wusste, dies war ein Hilferuf, da es ‚brannte'. Im Juweliergeschäft, wo nur Ilse und eine Verkäuferin bedienten (Vater und Großvater hatten auswärtige Termine), standen vier fremdländisch aussehende Männer, zwei am Verkaufstresen, zwei andere an einer Glasvitrine. Ludger mit seiner stattlichen Erscheinung machte sofort Eindruck auf die Besucher.

Einer der ‚Vitrinenbeschauer', ein Mann mit Kinn- und Backenbart, hatte sich wohl schon am Vitrinenschloss zu schaffen gemacht (dort wurden wertvolle Schmuckstücke präsentiert) und ließ blitzschnell einen Gegenstand in der rechten Jackentasche verschwinden. Für Ludger war klar, dass der Mann ein Werkzeug dabei hatte, mit dem Schlösser aufgebrochen werden konnten. Sein gekünsteltes, aufgesetztes Lächeln empfand der Juweliersohn als bodenlos unverschämt. Ilse Maringer rief laut und schneidend: „Bitte verlassen Sie sofort das Geschäft. Wir machen Ihnen kein Angebot. Wenn Sie nicht unverzüglich gehen, rufen wir die Polizei."

Das letzte Wort schienen die Männer zu verstehen. Mit grimmigen Mienen trotteten sie von dannen. „Ich vermute: Zwei Leute wollten uns ablenken, die beiden anderen die Glasvitrine knacken", durchschaute die Mutter den geplanten Coup. Nachmittags rief Hanno Maringer den Chefredakteur des Branchen-Infodienstes an, der jede Woche einen Info- und Aktionsbrief voller Hintergrund-Nachrichten und Tipps fürs Geschäft herausgab. Dieser hatte für die folgende Woche ohnehin einen ausführlichen Bericht über solche Ladenbesucher ohne Kaufabsichten angekündigt. Vorab klärte er den Goldschmiedemeister auf:

„Eine Bande von etwa 80 bis 100 Libanesen ist im Sommer 1987 in der Bundesrepublik unterwegs. Sie brechen Juweliervitrinen auf. Letzte Woche stahlen sie einem Ruhrgebietskollegen – zunächst von niemandem bemerkt – 17 Goldarmbänder im Wert von 30.000 DM. Ihr Boss kauft die Ware ab. Die Zentrale soll in Bochum sitzen. Obwohl die in Gruppen operierenden Täter erfolgreich auf Tour sind, erhält jeder monatlich noch Sozialhilfe bis zu 3.000 DM von der Bundesregierung. Niemand von ihnen kann abgeschoben werden, da der Libanon ‚Spannungsgebiet' ist." Hanno lobte seine Frau wegen ihres energischen Vorgehens. Vom Hersteller seiner Vitrinen erfuhr er, dass diese mit Panzerglas und elektronischen Schlössern ausgestattet sein sollten. „Dafür haben wir im Augenblick kein Geld", zuckte der Juwelier mit den Schultern.

„Was wir aber leisten können, ist, uns auf das Hausrecht zu berufen. Wir brauchen niemanden zu bedienen, der uns nicht gefällt. Wenn mehrere dubiose Leute gleichzeitig auftauchen, ist äußerste Vorsicht geboten." Und der Goldschmiedemeister schrieb jedem Mitglied des Verkaufsteams die Standard-Losung gegenüber zwielichtigen Besuchern ins Stammbuch: „Wir verkaufen Ihnen nichts. Bitte verlassen Sie unverzüglich unser Geschäft, oder wir rufen die Polizei."

„Alle Vitrinen sollten vom Tresen einsehbar sein", ergänzte der Großvater. „Und warum werfen wir die Vitrinen nicht einfach raus, wenn sie ein Risiko darstellen?" war Ludgers naheliegende Frage. „Vitrinen sind grundsätzlich kein Sicherheitsrisiko. Fürs Verkaufsgeschehen sind sie unersetzlich", verteidigte der Vater die gläsernen Ladenmöbel.

„Als ‚stumme Verkäufer' helfen sie den Kunden bei der Vorauswahl und entlasten das Verkaufspersonal. Sie wecken Verkaufswünsche und aktivieren den Warenvorrat. Was in Schränken und Schubladen liegt, wird nicht gesehen und muss erst mit Mühen und Kosten ‚ans Tageslicht' gebracht werden." – „Und lasst mich etwas ergänzen", lag Ilse am Herzen, „wir dürfen keineswegs honorige Exil-Libanesen und seriöse hier tätige Geschäftsleute aus dem in tragische Verwicklungen steckenden Ostmittelmeerland mit den Gaunern verwechseln."

31. Ludgers „Neues Schuljahrs-Marketing"

„Habt ihr euch eigentlich schon etwas für den Schuljahresanfang überlegt?" fragte Ludger nach dem Abendessen. Die Eltern und der Großvater blickten den Sohn und Enkel verständnislos an. „Die Sommerferien haben gerade begonnen, und du redest bereits von ihrem Ende und vom neuen Schuljahr", hielt Vater Hanno das Thema für verfrüht. Doch Ludger ließ nicht locker: „Die Schulranzen für ABC-Schützen liegen oft schon unter dem Christbaum, und auch die Ausstattung mit Büchern und Schreibutensilien für ältere Schülerinnen und Schüler wird oft monatelang vorher gekauft, zum Beispiel vor dem Familienurlaub. Danach drängt oft die Zeit, und bestimmte Artikel könnten vergriffen sein."

Die Argumentation leuchtete ein, und der Großvater spannte den Bogen bis zum Uhren/Schmuck-Sektor: „Ludger hat Recht. Auch wir führen vieles Interessante für die Schule. Und wir sollten so früh wie möglich hierfür Kaufkraft abschöpfen. Hast du auch schon Ideen, wie so ein Schulmarketing auch bei uns die Kasse öfter klingeln lässt?" – „Natürlich, sonst hätte ich das Thema erst gar nicht angerührt", freute sich der Junge über die prompte Schützenhilfe des Großvaters. Und er erinnerte daran, dass seine ‚Meister-Sprüche' bei der Schülerdemo großes Aufsehen erregt hatten. So habe er erneut in Opas Riesenwörterbuch geforscht und eine ganze Reihe Werbeslogans für den Familienbetrieb entwickelt, die er gleich mitgebracht hatte. Ludger las vor:

„Zum Schulanfang gleich richtig rechnen." – „Unsere Qualität macht Schule." – „Juwelier Maringer präsentiert die Hohe Schule der Zeitmesstechnik." – „Note 1 für diese Preise." – „Aus der Schule geplaudert." – „Schule ist schön…" Von diesen Slogans könnte man sich, so schlug Ludger vor, einen oder mehrere als Motto für eine Schaufensterpräsentation aussuchen, mit Schultüte (für Erstklässler), Schulbüchern, Globus, Atlas, Mäppchen (auch Nostalgisches) und Ware drum herum gruppieren.

„Ich habe mir auch schon Gedanken darüber gemacht, wie solche Texte Kaufimpulse enthalten könnten, wobei ich mich an eine Unterrichtsreihe über sprachliche Mittel in der Werbung beim unvergesslichen Rudolf Caspers erinnere: Bei einer Weckerparade könnte der Aufsteller stehen ‚Damit du selbstständig wirst', robuste Armbanduhren erhalten den Hinweis ‚Damit du dank genauer Zeitplanung bei Klassenarbeiten bessere Noten erzielst', Schulschmuck bekommt Hit-Charakter durch die Begründung ‚Damit deinen Klassenkameradinnen die Augen übergehen'. Und sogar für Schreibtischuhren können wir trommeln: ‚Damit dein Arbeitsplatz erst vollwertig wird und du wichtige Termine im Auge behältst'."

„Großartige Idee, Juwelier Maringer macht Schule", zeigte sich der Großvater begeistert, „so erreichen wir Zusatzumsätze, und das Tollste ist, wir brauchen keine zusätzliche Ware zu ordern. Ludger und Evchen sollten sich einmal in Schreibschrift an solchen Schaufenster-Aufstellern versuchen." Beim

Schlafengehen waren sich Ilse und Hanno Maringer einig: Die letzten Wochen hatten ihrem Sohn nach Verzweiflung und seelischer Krise eine unglaubliche Kraftentfaltung gebracht. Das wiedergewonnene Selbstbewusstsein hatte seiner Persönlichkeitsentwicklung einen kräftigen Schub gegeben.

In den kommenden Wochen machte die Maringer-Werbung tatsächlich Furore. Etliche Geschäftsleute präsentierten ihre Ware unter dem Slogan „Auch wir sagen zum Schulanfang ‚Gleich richtig rechnen'." Nur der Uhren/Schmuck-Filialist brauchte einige Wochen, bis auch er auf den „Schulmarkt" aufsprang. Die Filialleiterin benötigte – erfreulich für die Maringers – geraume Zeit, musste sie doch zuerst bei ihrer Zentrale nachfragen. Bis die Chefetage ihr Okay für die „Schule-ist-schön"-Kampagne erteilt hatte, vergingen einige Wochen.

„Das ist einer unserer Vorteile als Familienbetrieb. Wir können blitzschnell Entscheidungen treffen", resümierte Vater Hanno. Und für den Sohn stand fest: Werbemanager zu werden, wäre doch nicht das Schlechteste. „Du solltest Betriebswirtschaft mit Schwerpunkt Marketing studieren", hatte Hanno Maringer für seinen Sohn die gleiche Berufsperspektive vor Augen, „mit deinen Ideen bringst du glänzende Voraussetzungen mit."

„Ihre Schaufenstergestaltung als intensive Ansprache für Schülerinnen und Schüler Richtung neues Schuljahr gefällt uns sehr und scheint – ein Blick in Ihren Laden beweist es – überaus erfolgreich zu sein", sprach Robert Klinkner, Inhaber von

Schreibwaren Kunst, Hanno Maringer an. „Was halten Sie von einer Gemeinschaftsanzeige unter einem zündenden Motto, wenn sich noch andere Kollegen beteiligen?" – „Reden Sie mit meinem Sohn. Das ist unser Werbechef", beschied ihn der Goldschmied nicht ohne Stolz.

Ludger war sofort Feuer und Flamme: „'Nach den Ferien geht es richtig los!' wäre doch sicher zugkräftig. Ich hör mich um." Am Tag darauf hatte er vier Fachgeschäfte beisammen: Juwelier Maringer, Schreibwaren Kunst, Lederwaren Huppertz und Textil Neumann. Anzeigenleiter Werner Rübsamen von der Lokalzeitung war begeistert: „Unsere Agentur steuert einen Bericht über den Schuljahresbeginn mit einer Checkliste bei (‚Hast du alles beisammen?'), und wir schalten eine Sonderseite. Die vier Geschäfte werden mit Foto und Hit-Angeboten präsentiert. Und dies alles zu einem Sonderpreis." Auch diese Koop-Aktion wurde ein schöner Erfolg und belohnte Ideenreichtum, Kreativität und Selbstbehauptungswillen der ‚Kleinen'.

32. Melinas erotische Attacke

„Erzähl mir von meinem Mann", forderte Melina Caspers Ludger auf. Man saß in einem gemütlichen mit nordischen Teakmöbeln eingerichteten Wohnzimmer in einer Mietwohnung am Rande der Stadt. Morgens waren sich beide auf dem Marktplatz begegnet, und Melina hatte den Schüler, von dem sie wusste, dass er ihren verstorbenen Mann verehrte, spontan für den frühen Nachmittag zu sich auf eine Tasse Kaffee eingeladen. Ludger hatte Zeit und gern zugesagt, weil die Eltern ihm einige Wochen Ruhe gönnten. Schließlich waren ihm Idee und Konzeption des „Schulmarketings" zu verdanken. Der Laden brummte wie nie zuvor während der Sommerferien-Wochen.

Ludger war gepflegt wie immer erschienen, mit sportlichem Kurzhaarschnitt (im Gegensatz zu den meisten jungen Leuten). Für seine weitere Ausstaffierung war von Mutter Ilse anlässlich des kürzlich erfolgten Großeinkaufs bei Textil Neumann gesorgt worden: Weißes Polohemd, schwarze Baumwollhose, weiße Turnschuhe. Die kleine Anna hielt ihren Mittagsschlaf. Ihre größere Schwester Camilla war auf Besuch bei einer Kindergartenfreundin und würde um 18.00 Uhr abgeholt.

Melina hatte dem Gast das Du angeboten (was Ludger verwunderte, wogegen er sich aber auch nicht sträuben konnte). Bei einem Glas Campari-Orangensaft besiegelten sie ihre Annäherung. Die Witwe hatte ihre Trauerkleidung abgelegt und trug ein sommerlich leichtes ausgeschnittenes gelbes Kleidchen, wohl aus Seide. Sie saß in einem Sessel, Ludger rechts von ihr im rechten Winkel auf einem Zweiersofa. Ganz leicht angeregt von der alkoholischen Erfrischung und fasziniert von der geheimnisvollen Aura, die Melina umgab und deren Wirkung sie sich bewusst zu sein schien, erstattete Ludger souverän den gewünschten Bericht.

Mal ruhten ihre dunklen Augen wie besitzergreifend auf dem Erzähler, mal lachte sie aus vollen Herzen, mal schlug sie die Hände vor schmerzvoller Erregung vors Gesicht. Die Anteilnahme der jungen Frau – sie mochte wohl Mitte bis Ende 20 sein (Caspers war sich sicherlich des Juwels bewusst und hatte sie blutjung vom Fleck weg geheiratet, damit sie ihm kein anderer wegschnappen konnte) spornte Ludger an, und es entstand eine Sternstunde um den charismatischen Pädagogen vor den Augen seiner leidenschaftlich mitgehenden, faszinierten und geradezu verzauberten Witwe.

Offenbar hatte Rudolf Caspers nicht gern zu Hause über Erlebnisse und Erfolge in der Schule berichtet. Aber jetzt saß jemand bei ihr, der ihrem Mann in Statur und Gesichtsausdruck, Gestik und Mimik, nicht zuletzt auch in der topaktuellen Kleidung, unglaublich ähnlich war. Hatte sie dies nicht schon bei der ersten Begegnung gemerkt, und hatte sie nicht geradezu auf eine Gelegenheit gewartet, den Jungen näher kennenzulernen? Und war es ihr nicht völlig gleichgültig, was die Hausbewohner von ihr denken könnten, wenn sie bereits wenige Wochen nach der Beerdigung ihres Mannes einen adretten jugendlichen Besucher empfing?

Ludger erzählte fesselnd und anschaulich. Freies Sprechen hatte Caspers mit seinen Schülern regelmäßig geübt. So schien sich vor den Augen Melinas das Wohnzimmer in ein wundersames Spielzeugland zu verwandeln mit rollenden, hüpfenden, tanzenden, sich drehenden und überschlagenden metallenen Akteuren , allesamt angetrieben von einer unsichtbaren Kraft, zu deren Entfaltung ein einfacher Schlüssel genügte. Als Ludger zum Wal kam, der ein Fischlein verfolgte und verschlang, unterbrach ihn die verzückte Zuhörerin: „Oh, ja, den kenne ich auch!"

Weiter ging es mit Caspers' Vorlesekünsten, seiner Kontroverse mit dem Dichter-Denkmal Carl Zuckmayer und der legendären Wohnung im ehemaligen Bonner Luftschutzbunker während des Universitätsstudiums. „Ihr müsst", hat er uns eingehämmert, nicht alles wissen, aber ihr müsst wissen, wo ihr gute Informationen herbekommt." Nur die letzte Begegnung Ludgers mit dem todkranken Klassen- und Deutschlehrer am Aufzug des Krankenhauses würdigte der Erzähler nicht, zumal Rudolf seiner Frau dies gegenüber ja noch erwähnt hatte.

Stattdessen beschloss Ludger seinen Vortrag im Gedenken an Rudolf Caspers' Ehrfurcht vor höchster sprachlicher Meisterschaft, und er deklamierte Goethes Ballade „Der Sänger". Am Schluss „Und danket Gott so warm, als ich für diesen Trunk euch danke" betonte er stark das „euch", damit der Text – wie es der schulische Lehrmeister eisern forderte – gleichsam in einem orchestralen Tusch mündete. Als Ludger geendet hatte, stand Melina auf. Ludger bemerkte, dass sie sich neben ihn setzen wollte. Er rückte nach rechts und machte ihr Platz.

Sofort umschlang sie ihn mit beiden Händen, näherte ihren Kopf dem seinen und küsste ihn leidenschaftlich. Der junge Besucher, zunächst konsterniert, hatte sich rasch wieder in der Gewalt und erwiderte ihre Zärtlichkeiten. Auch ihren ganz nahe gekommenen, ihn scheinbar durchbohrenden dunklen Augen hielt er stand. Schließlich hatte er dem stechenden Blick eines Dr. Mölders paroli geboten.

Sekundenschnell kam Ludger das Antlitz seiner Mutter in den Sinn, deren tiefblaue Augen er so gut kannte und die sie ihm vererbt hatte. Wie würde sie reagieren, wenn sie wüsste, dass ihr Sechzehnjähriger über eine angeborene und unbewusst eingesetzte Sinnlichkeit verfügte, die selbst eine hinreißend schöne Frau in den Bann schlagen konnte? Melina rührte sich nicht, schmiegte allerdings ihr Gesicht an seines.

Ludger dachte an Yvonne. Ist der Austausch von Zärtlichkeiten mit der Lehrerwitwe nicht ein Vertrauensbruch gegenüber dem Mädchen, das ihn offenbar als Freund betrachtet und als Tanzstundenpartner erwählt hat und die sogar stolz ein von ihm geschenkten Schmuckstück trägt? Aber das Feuer der Begierde, das Melina in ihm entfacht hatte, fegte augenblicklich solche

Rücksichtnahme auf die innere Stimme seines ‚besseren Ichs' hinweg.

Der Schüler überlegte: War es Zuneigung zu ihm, die seines ehemaligen Deutschlehrers schöne Frau zu ihrem erotischen Überfall veranlasst hatte (was kein gutes Licht auf eine trauernde Witwe kurz nach dem Tod ihres Mannes geworfen hätte)? Oder war nicht durch Ludgers höchst emotionale Impressionen für die junge Frau der geliebte Ehemann gleichsam lebendig aus dem Totenreich zurückgekommen? Sanft strich der Besucher über den Rücken der Gastgeberin, von dem nie gekannten Gefühl beseelt, ein weibliches Wesen, noch dazu ein so unglaublich begehrenswertes, scheinbar willenlos in seinen Armen zu halten. Überließ Melina ihrem Besucher die Initiative?

Ludgers Blick tastete sich den Hals der Frau herunter und blieb an ihrem Dekolleté haften. Unter dem freizügigen Ausschnitt des Kleides leuchtete ein knallroter BH hervor, dessen Körbchen oben raffiniert verkürzt waren, und gab den Blick auf die Brüste bereitwillig frei. Der Besucher fühlte sich ertappt, als ob er etwas Sündiges erhascht hätte, und schaute nach oben, wo Melinas tiefgründige Augen wieder die seinen trafen. Nichts schien sie an Ludgers behutsamem Entdecker-Spiel zu stören, vielleicht, weil ihr seine kaum zu unterdrückende Leidenschaft nicht unverborgen blieb.

Ludgers Hand versuchte, ihre Brust zu umkreisen. Dieses Ansinnen wies Melina zurück, indem sie seiner Hand Einhalt gebot. Allerdings hielt sie diese weiter umfasst, und ihrer beider Finger umspielten sich. Die Frau erhob sich vom Sofa. Dabei drückte sie mit der rechten Hand wie zufällig sanft auf die Verdeckleiste des Reißverschlusses seiner Hose und fühlte den erwartenden Widerstand. Ludger kam nicht dazu, ihre Bewegung als Ausrutscher oder als ‚Ermittlung' einzuordnen. Denn sie blieb Herrin der Situation.

„Komm mit!" befahl Melina, entschlossen, das aufgeflammte Feuer zwischen ihr und dem Gast einzudämmen, „ich zeig dir Rudolfs Spielzeugschrank." Sie ging mit Ludger in den Keller, wo eine Glasvitrine stand, über und über mit Blechspielzeug gefüllt. „Alles Made-in-China-Ware. Mein Mann hätte kein Geld für meist sündhaft teure Antiquitäten gehabt." Da standen sie, die Kinderträume aus der Zeit der Fünfer-und Sechserklasse, der Elefant auf dem Dreirad, der Pirouetten-Clown, die Watschelentchen und pickenden Küken, der Kraftmensch mit den sich rasend drehenden Scheiben, die vor- und rückwärtsfahrende Lok und vieles mehr. Ludger musste an sich halten, sonst hätten sich ihm ewig eigegrabene Erinnerungen, die untrennbar mit einem legendären Lehrer und Kinderversteher verbunden waren, übermannt.

Er überspielte seine Rührung und Ergriffenheit und versuchte, wie kürzlich bei Yvonne Schmidtbauer, Forschheit und Mut auch gegenüber Melina an den Tag zu legen. Also unternahm er den Versuch, die ‚Verschwiegenheit' und Intimität des Kellers auszunutzen und die Frau an sich zu ziehen. Sie durchkreuzte sein Annäherungs-Vorhaben mit einem energischen „Bitte nicht!" War sie der Meinung, vorhin zu weit gegangen zu sein?

Oben angekommen, hörten beide ein zartes Kinderweinen. Anna war aufgewacht. „Du kannst schon mal den Tisch decken, während ich die Kleine versorge", ordnete Melina an, „Geschirr, Bestecke und Kuchen stehen auf dem Tresen." Ludger gehorchte gern. Schließlich gehörten Tischdecken und –Abräumen zu den selbstverständlichen Pflichten des Maringer-Nachwuchses. Es wurde mit der Kleinen, die ihn als „Eismann" wiedererkannte, eine kurzweilige Kaffeestunde, gekrönt von einem Legoturm, den Ludger mit dem Kind gebaut hatte.

Auch beim Abschied blieb Melina reserviert und reichte ihrem Gast, der etwas mehr Zuneigung erwartet hatte – schließlich waren sie Duzfreunde geworden – bloß die Hand. Ludgers eher schüchtern vorgebrachte Frage, ob sie sich wieder treffen könnten, beschied die junge Frau gleichermaßen unterkühlt wie ‚nicht ohne Aussicht': „Kommt Zeit, kommt Rat."

Das Haus, in dem Familie Caspers wohnte, besaß nach guter alter bürgerlicher Art ein Vorgärtchen, das ein eiserner Zaun vom Bürgersteig abgrenzte. Ludger öffnete gerade das kleine kunstvoll geschmiedete Tor (wobei ihm auffiel, dass es wegen des unangenehm hellen Quietschens schon längst hätte gefettet oder geölt werden müssen), als eine Radfahrerin mit Sturzhelm vorbeigebraust kam, ihn erkannte und scharf abbremste. Es war

Marietta Kröber, die Klassensprecherin der 10 b. „Was machst denn du in dieser Gegend?" zeigte sie sich neugierig.

Dem Angesprochenen waren die Begegnung und ein Frage-und-Antwort-Spiel mit der ihm unsympathischen Mitschülerin äußerst unangenehm. Das Blut stieg ihm zu Kopf, was Marietta sofort erkannte. Sie ließ ihm Zeit, sich zu sammeln, während sie ihn herausfordernd musterte. Nach etlichen Sekunden Überlegung log er ihr im Stakkatostil vor: Kundenbesuch, eilige Reparatur abgegeben."

Normalerweise wäre diese Auskunft aus dem Munde eines Juweliersohnes plausibel gewesen. Denn es kam öfter vor, dass Stammkunden vor einer Urlaubsreise relativ spät eine wertvolle Armbanduhr oder ein Schmuckstück mit Profilierungsfaktor abgaben und hocherfreut den rechtzeitigen Bring-Service lobten. Aber hier lauerte offenbar mehr Brisanz auf Ludger.

Wusste Marietta etwa, wer in dem Haus wohnte, aus dem Ludger gerade kam? Und hatte nicht seine Klasse aufmerksam beobachtet, wie der Mitschüler nach der „Lasst-die-Kleinen-leben"-Demo zu der Caspers-Witwe gegangen war und mit ihr und ihren Töchtern einen freundlichen Plausch abgehalten hatte? Was für einen Grund gab es für den Klassenkameraden, die ausgesprochen hübsche Frau Caspers zu besuchen?

Ludger betäubte sich mit der Überzeugung, dass seine Besorgnisse um den Wissensstand und die Vorstellungskraft der Klassenkameradin grundlos waren, zumal ihn Marietta unverfänglich fragte, wie er denn so die Sommerferien verbringe. „Ich mache mich, wie du siehst, im Geschäft nützlich", nahm er den zugespielten Ball bereitwillig auf, ehe man sich trennte, denn Ludger war zu Fuß unterwegs.

Vor dem Einschlafen schwor sich der Schüler, nie mehr Dinge schleifen zu lassen wie sein Desinteresse und seine Fahrlässigkeit dem Fach Englisch gegenüber. Seine Lethargie hatte ihm schließlich die fast nicht menschenmöglichen Turbulenzen der vergangenen Wochen eingebracht.

Vielleicht lag seine einsichtsvolle Gewissenserforschung daran, dass er hoffentlich in den nächsten Tagen die Zusage bekommen würde, an einem anderen Gymnasium seine Schullaufbahn fortzusetzen. Jedenfalls gab sich Ludger Rechenschaft über die vergangenen Monate, und da stand ihm sein zweiter Fehler vor Augen, nämlich Vorgänge, mit denen man konfrontiert wird und die unklar oder fragwürdig sind, selbst anzugehen, anstatt Hilfe in der Familie oder bei Freunden zu organisieren. Und nicht solche Dinge unerledigt in sich arbeiten zu lassen und sich abzukapseln wie bei der Lektüre des Sparkassenbriefes, der ihn fast an den Rand eines seelischen Zusammenbruchs geführt hatte.

Und ein Drittes ließ Ludger nicht einschlafen, nämlich seine Zuneigung zu Melina und Yvonne. Hier die reife Frau und Mutter zweier Kinder. Wäre eine Affäre mit ihr nicht eine geradezu wahnwitzige Unternehmung? Würde die undurchschaubare und rätselhafte Lehrerwitwe ihn nicht als Spielzeug für gewisse Stunden ausnutzen und ihn, falls sie eine gute Partie machen könnte, abservieren und zum Gespött von Ostwaldstadt erniedrigen?

Und hat die Freundschaft mit Yvonne Zukunft, auch nach der bevorstehenden Tanzstundenzeit? Hier der um seine Existenz kämpfende elterliche Facheinzelhandels- und Fachhandwerksbetrieb, dort der Baulöwe, der einen Supermarkt nach dem anderen erstellt und mit sattem Gewinn vermietet. Fest steht: Ludger, noch nicht einmal 17, wird bereits von zwei höchst attraktiven weiblichen Wesen umworben. Keine Frage für den Stolz in ihm: Er selbst ist und bleibt doch der Chef im Ring!

Nach der Begegnung mit Melina in ihrer Wohnung war Ludger echt sauer. Erst hatte sie ihn mit ihren Zärtlichkeiten zur Weißglut gebracht und dann herzlos wie einen Hausierer abgefertigt. Das durfte ein Maringer, gestählt durch eine Reihe Niederlagen und Siege in den letzten Wochen, nicht unbestraft lassen. Sein großes Plus bei Melina war seine Ähnlichkeit mit ihrem verstorbenen Mann. Was wäre, wenn er auch im Auftreten und in seiner Sprechweise Rudolf Caspers zwar nicht imitieren würde (dies wäre kabarettistisch und unecht), aber dem Original noch näher kommen könnte? Ludger fasste einen Plan:

Erstens: Bei der nächsten Einladung Melinas (denn die käme gewiss) wegen anderer Termine absagen. – Zweitens: Mit

Yvonne wie zufällig am Kindergarten vorbeikommen, wenn Melina ihr Kind abholt, und sie eifersüchtig machen. – Der schlaue Plan ging allerdings nicht auf. Eine Woche später, Ludger kam vom Postamt zurück, wo einige geschäftliche Dinge zu erledigen waren, empfing ihn Mutter Ilse: „Eben war Frau Caspers hier, die Witwe deines ehemaligen Deutschlehrers. Sie lädt dich ein, zu ihr in ihre Wohnung zu kommen. Du darfst dir einige von seinen Büchern aussuchen und einige Blechspielzeuge. Die Adresse und Telefonnummer von Frau Caspers stehen auf einem Zettel, den ich auf deinen Schreibtisch gelegt habe." Ludger spielte den Gleichgültigen: „Ich ruf sie mal an." Innerlich kochte er, der Raffinesse dieser Frau war er nicht gewachsen. Stand ihm eine neue „unerhörte Prüfung" bevor?

Zu Hause gab es eine wichtige Neuigkeit: In der nächsten Woche würde Mutter Ilse mit Ludger zu einem Vorstellungsgespräch mit dem Direktor eines Gymnasiums in die nahe Großstadt fahren. Am folgenden Tag, vor dem Mittagessen, sprach Ilse Maringer ihren Sohn an: „Ach so. Hätte ich beinahe vergessen. Eine Mitschülerin von dir war da und übergab diesen Brief für dich", hatte die Mutter noch eine Aktualität parat. Ludger brauchte sein mulmiges Gefühl Ilse Maringer gar nicht zu verstecken, da sie an Ludgers Reaktion nicht interessiert zu sein schien und sich längst anderen Aufgaben zugewandt hatte.

In seinem Zimmer las er, und die verdrängte Vorahnung ergriff vollends Besitz von ihm: „Hallo Ludger, ich denke noch an unser zufälliges Treffen, das sehr kurz war. Da ich zur Versetzung einige

Geldgeschenke bekommen habe, lade ich dich zu einer Pizza, ins Kino oder ins Spaßbad ein. Vielleicht hast du noch einen besseren Vorschlag, was wir gemeinsam unternehmen könnten. Grüße von Marietta." – Auch das noch, stöhnte Ludger, augenblicklich davon überzeugt, dass Marietta bemerkt hatte, zwischen Ludger und der Lehrer-Witwe läuft mehr, als der Klassenkamerad zugeben wollte.

Was wäre, wenn sie heraus bekäme, wen er demnächst als Tanzstundenpartnerin haben würde, und sie anonym Yvonne Schmidtbauer über seine mögliche sehr intensive Bekanntschaft mit einer bildhübschen jungen Frau unterrichten würde? Nicht auszudenken, wenn Marietta auch noch Melina Caspers in Misskredit bringen würde. Ludger standen unruhige Zeiten bevor. An weiteren Treffen mit Marietta war er nicht im geringsten interessiert. Ihre Erscheinung und ihr Wesen waren überhaupt nicht sein Fall.

Aus Fernsehkrimis standen ihm verschiedene Formen von Erpressung vor Augen. Er war sich sicher, hier einer solchen zu begegnen: Marietta ahnte, dass es ein Geheimnis zwischen Ludger und Frau Caspers gab, das ersterer nicht preisgeben wollte. Also versuchte sie offensichtlich, den in die Enge getriebenen Klassenkameraden, den sie heimlicherweise anhimmelte, der ihr aber stets die kalte Schulter gezeigt hatte, zu einem Stelldichein und idealerweise folgender Annäherung zu zwingen. Gar nicht auf das Angebot reagieren, lautete Ludgers

Entschluss, wobei er einkalkulierte, dass sich Marietta so schnell nicht abwimmeln lassen würde.

Auf dem Schreibtisch in seinem Zimmer lag ein Brief des Landesrundfunksenders, der am Morgen mit der Post gekommen war. Der Empfänger staunte nicht schlecht über die Mitteilung: „Ihr Schlachtruf ‚Lasst die Kleinen leben!' und Ihr Auftritt gemeinsam mit Ihrer Klasse beim Ostwaldstädter Johannismarkt hat unserer Redaktion gefallen, zumal unser Filmbeitrag in der Landesschau ein breites Zuschauerinteresse hervorgerufen hatte. Außerdem erfuhren wir von der Lokalredaktion Ihrer Heimatzeitung, dass Sie einige erfolgreiche Werbeaktionen von kleinen Fachgeschäften im elterlichen Unternehmen und zusammen mit anderen Fachhändlern durchgeführt haben."

Die Aufregung über diese Neuigkeit stand Ludger ins Gesicht geschrieben. Voll Stolz über das offensichtliche große Aufsehen der Schülerdemonstration las er mit hochrotem Kopf weiter: „Daher bieten wir Ihnen an, dass Sie zu einem Besuch in die Abendschau unseres Senders kommen. Zuvor würden wir gerne bei Ihnen zu Hause eine kleine ‚Home-Story' drehen. Gerne erwarten wir Ihre zustimmende Antwort."

Die Beschäftigung mit dem Slogan und seine weitere Entwicklung auf schulischem Gebiet und dem der Werbung für das eigene Unternehmen und Fachgeschäfte allgemein standen für ihn plötzlich wieder für ihn obenan. Dennoch fiel ihm ein, dass er in letzter Zeit Yvonne sträflich vernachlässigt hatte. Das Mädchen war offenbar zu stolz, ihm hinterherzulaufen. Er würde sich bei ihr melden.

Es war schon abenteuerlich, wie sehr sich Ludgers Leben innerhalb weniger Wochen verändert hatte. Drei weibliche Wesen bestimmten auf einmal seine Gefühlswelt: Melina, die offenbar nicht abgeneigt war, sich auf eine abenteuerliche Beziehung mit ihm einzulassen, Yvonne, mit der er am Anfang einer Jugendfreundschaft stand, und Marietta, die eine schwache Stelle bei ihm ausgemacht hatte und mit den Waffen einer Frau (sogar mit Erpressung?) ihn für sich gewinnen wollte…

Auf einmal meldete sich Ludgers schlechtes Gewissen. War es gegenüber seinen Eltern, vor allem gegenüber der Mutter, in Ordnung, dass er sich nach dem Triumph bei der ‚unerhörten Aufgabe' und der Versetzung in die gymnasiale Oberstufe bloß wortkarg und oberflächlich über sein ‚Privatleben', genauer über seine Begegnungen mit weiblichen Wesen, ausließ? Von der Geburtstagsfeier bei Yvonne hörte man lakonisch, es sei ein schöner Abend gewesen, und das Mädchen habe sich sehr über sein Geschenk gefreut. Dass Ludger sicherlich ihr Tanzstundenpartner werde, registrierte die Familie mit Wohlwollen.

„Bring Yvonne einmal zum Kaffee mit, stell sie uns vor und zeig ihr, wie wir leben und arbeiten", war Mutter Ilses kluger Vorschlag. Denn so konnte gleich die Neugierde der Familie gestillt werden.

Ganz anders sah es bei Melina aus. Ihrer Cleverness und Abgebrühtheit, dessen war sich Ludger gewiss, war er nicht gewachsen. Dass sie ihn ‚offiziell' über seine Eltern (und nicht persönlich) unter einem Vorwand zu einem Stelldichein in ihre Wohnung einlud, empfand der junge Mann als Demütigung. Die Witwe seines ehemaligen Deutschlehrers wusste genau, dass Ludger von den Treffen und der bereits aufgeflammten gegenseitigen Zuneigung seinen Eltern nichts mitgeteilt hatte. Warum sollte er auch? Hatte er nicht bei Melina zaghaft nach einer Fortsetzung ihres Flirts angeklopft? Ludger war sich bewusst: Würde er den Eltern seine Zuneigung zu dieser jungen Mutter zweier kleiner Kinder gestehen, wäre ein gehöriges Donnerwetter die Folge gewesen. Ludger malte sich die Szene aus: Sein Vater wäre außer sich: „Du bist noch grün hinter den Ohren. Konzentriere dich auf deinen Schulabschluss. Mach nicht dich, unsere Familie und unser Fachgeschäft zum Gespött der Stadt." Der junge Mann fühlte, vor wichtigen Entscheidungen zu stehen. Eine unruhige Nacht begann.

Der Autor sagt Danke,...

...sehr geehrte Damen und Herren, wenn Sie dieses Buch nicht nur in der Hand hielten, sondern auch gelesen haben. Frage also an die Leserinnen und Leser: Hat Ihnen der Roman gefallen? Wenn ja, würden der Verlag und ich als Autor gerne erfahren, ob ich Ihnen die Ereignisse in Ostwaldstadt weitererzählen darf, also auch Antworten gebe auf folgende Fragen:

++ Hat Ludger in seiner neuen Schule Erfolg? Kann er aus seinen Fehlern lernen, oder türmt er sich neue Hürden auf? Kommt er seinen Berufswünschen näher?

++ Wird zwischen Ludger und Yvonne aus Freundschaft und Zuneigung echte Liebe erwachsen? Oder führen die unterschiedlichen wirtschaftlichen Gegebenheiten der Elternhäuser (Fachgeschäft kontra Großvertriebsformen) zum Bruch? Welche Rolle wird Melina Caspers in Ludgers Leben spielen? Kann sie ihn als eine Art Ebenbild ihres verstorbenen Mannes dauerhaft an sich binden, dem zu erwartenden Sturm der Entrüstung in der Kleinstadt zum Trotz? Da Ludger offenbar eine starke Anziehungskraft auf die holde Weiblichkeit ausübt: Werden nicht plötzlich weitere ‚Bewerberinnen' auf der Matte stehen?

++ Wie geht es mit der Kampagne „Lasst die Kleinen leben!" weiter? Wächst sie zu einer Solidarisierungswelle nicht nur für den kleinen Mittelstand an, sondern gelingt es, die ‚Kleinen' überall zu motivieren, mehr Optimismus und Behauptungswillen gegenüber den ‚Großen' zu zeigen?

++ Kann sich Juwelier Maringer in einem Jahr für Jahr schwierigeren Markt behaupten? Hängt der Bankkredit weiterhin wie ein Damoklesschwert über dem Unternehmen, oder können sich die Maringers dank Ludgers Marketing-Aktionen aus der Talsohle befreien?

++ Findet Pfarrer Kittelmann Mitstreiter beim Versuch, von der Basis aus der katholischen Kirche Reformimpulse zu geben, zum Beispiel die Lockerung des Zölibats?

Wir interessieren uns sehr für Ihre Meinung, die Sie dem Autor übermitteln können, am besten per Email **textor-medien@t-online.de**

Ich wünsche Ihnen Wohlergehen und allzeit Lesefreude.

Ihr Helmut Weber

PS: Der Autor hat sich 2007 die Wortmarke **„Lasst die Kleinen leben!"** beim Deutschen Patent- und Markenamt/München schützen lassen. – Er bittet um Verständnis, dass er des besseren Leseflusses wegen an verschiedenen Stellen im vorliegenden Roman öfter auf die Nennung beider Geschlechter verzichtet hat, also nur „Schüler" erwähnt, statt „Schülerinnen und Schüler".